AF146886

Tucholsky Wagner Zola Scott Sydow Freud Schlegel
Turgenev Fonatne
Wallace
Twain Walther von der Vogelweide Fouqué Friedrich II. von Preußen
Weber Freiligrath
Kant Ernst Frey
Fechner Fichte Weiße Rose von Fallersleben Richthofen Frommel
Hölderlin
Engels Fielding Eichendorff Tacitus Dumas
Fehrs Faber Flaubert
Feuerbach Maximilian I. von Habsburg Fock Eliasberg Zweig Ebner Eschenbach
Ewald Eliot Vergil
Goethe Elisabeth von Österreich London
Mendelssohn Balzac Shakespeare Dostojewski Ganghofer
Lichtenberg Rathenau Doyle
Trackl Stevenson Hambruch Gjellerup
Mommsen Thoma Tolstoi Lenz Hanrieder Droste-Hülshoff
Dach Verne von Arnim Hägele Hauff Humboldt
Karrillon Reuter Rousseau Hagen Hauptmann Gautier
Garschin
Damaschke Defoe Hebbel Baudelaire
Descartes
Hegel Kussmaul Herder
Wolfram von Eschenbach Dickens Schopenhauer Rilke George
Bronner Darwin Melville Grimm Jerome Bebel
Campe Horváth Aristoteles Proust
Bismarck Vigny Barlach Voltaire Federer Herodot
Gengenbach Heine
Storm Casanova Tersteegen Gilm Grillparzer Georgy
Chamberlain Lessing Langbein
Brentano Lafontaine Gryphius
Strachwitz Claudius Schiller Schilling Kralik Iffland Sokrates
Katharina II. von Rußland Bellamy
Gerstäcker Raabe Gibbon Tschechow
Löns Hesse Hoffmann Gogol Wilde Gleim Vulpius
Luther Heym Hofmannsthal Klee Hölty Morgenstern
Roth Heyse Klopstock Kleist Goedicke
Luxemburg Puschkin Homer Mörike
Machiavelli La Roche Horaz Musil
Navarra Aurel Musset Kierkegaard Kraft Kraus
Lamprecht Kind
Nestroy Marie de France Kirchhoff Hugo Moltke
Laotse Ipsen Liebknecht
Nietzsche Nansen Ringelnatz
Marx Lassalle Gorki Klett Leibniz
von Ossietzky May
vom Stein Lawrence Irving
Petalozzi Platon Knigge
Pückler Michelangelo Kock Kafka
Sachs Poe Liebermann Korolenko
de Sade Praetorius Mistral Zetkin

Der Verlag tredition aus Hamburg veröffentlicht in der Reihe **TREDITION CLASSICS** Werke aus mehr als zwei Jahrtausenden. Diese waren zu einem Großteil vergriffen oder nur noch antiquarisch erhältlich.

Symbolfigur für **TREDITION CLASSICS** ist Johannes Gutenberg (1400 — 1468), der Erfinder des Buchdrucks mit Metalllettern und der Druckerpresse.

Mit der Buchreihe **TREDITION CLASSICS** verfolgt tredition das Ziel, tausende Klassiker der Weltliteratur verschiedener Sprachen wieder als gedruckte Bücher aufzulegen – und das weltweit!

Die Buchreihe dient zur Bewahrung der Literatur und Förderung der Kultur. Sie trägt so dazu bei, dass viele tausend Werke nicht in Vergessenheit geraten.

Diogena

Fanny Lewald

Impressum

Autor: Fanny Lewald
Umschlagkonzept: toepferschumann, Berlin

Verlag: tredition GmbH, Hamburg
ISBN: 978-3-8424-0883-8
Printed in Germany

Rechtlicher Hinweis:
Alle Werke sind nach unserem besten Wissen gemeinfrei und unterliegen damit nicht mehr dem Urheberrecht.

Ziel der TREDITION CLASSICS ist es, tausende deutsch- und fremdsprachige Klassiker wieder in Buchform verfügbar zu machen. Die Werke wurden eingescannt und digitalisiert. Dadurch können etwaige Fehler nicht komplett ausgeschlossen werden. Unsere Kooperationspartner und wir von tredition versuchen, die Werke bestmöglich zu bearbeiten. Sollten Sie trotzdem einen Fehler finden, bitten wir diesen zu entschuldigen. Die Rechtschreibung der Originalausgabe wurde unverändert übernommen. Daher können sich hinsichtlich der Schreibweise Widersprüche zu der heutigen Rechtschreibung ergeben.

Text der Originalausgabe

Iduna Gräfin H. H. (= Fanny Lewald)

Diogena

Roman

Erstes Buch

Es ist ein Vorzug alter, adeliger Geschlechter, daß sie vermöge ihrer Stammbäume zurückblicken können in die Vorzeit, die ihnen speziell zugehört, und daß sich dadurch in dem Bewußtsein der Nachkommen die Schicksalsfäden zu einem Ganzen verweben, die für den Niedriggeborenen nur einzelne zerstreute Tatsachen bleiben.

Überhaupt, wahre, großartige Schicksale hat nur die Aristokratie! Es gehört Muße dazu, ein Schicksal zu haben, es ist eine Vokation, eine Distinktion, ein Schicksal! Ein großes Schicksal adelt das Leben eines sonst müßigen, eiteln, frivolen Menschen, es fällt vom Himmel herab wie die edlen Prärogative der Geburt; aber es will nur von feinen Händen aufgefangen sein, es will nur in englische Parks und auf persische Teppiche herniederfallen; denn das Schicksal selbst ist ein Aristokrat des Himmels.

Oder denkt euch, ein großes, gigantisches, ein exklusiv tragisches Schicksal fiele auf das Leben eines Handwerkers herab! Wie könnte es sich da gestalten? Not und Sorgen treten so sehr in den Vordergrund, der Hunger und die Arbeit ertöten alle Sentimentalität, die Phantasien, die vagen Träumereien, die idealischen Erhebungen fliehen vor dem Klappern der Werkzeuge und das ignoble Verlangen hungernder Kinder läßt den Eltern weder für die poetischen Allüren des Herzens noch des Geistes freien Raum.

Wie anders gestaltet sich unser Los, die wir nie arbeiten, die wir nie hungern und die wir von dem Erdendasein nichts kennen als die Salons und die daranstoßenden Bowlinggreens; die Reisekalesche und die eleganten Hotels; die Armen, denen wir mit graziöser Nonchalance ein Almosen zuwerfen, die Dienerschaft, welche wir mit vornehmer Impertinenz ignorieren, und die Frauen unseres Standes – Rivalinnen, mit denen wir eine Lanze brechen – und die ebenbürtigen Kavaliere, Sklaven unserer hochadeligen Kaprizen, Spielbälle unserer phantastischen Herzensunersättlichkeit. Oh! Das Leben ist schön auf diesen Höhen der Existenz! Wie die ewig lächelnden, leichtlebenden Götter des Olymps leben wir, und heißen Dank sollte das bürgerliche Gros der Menschheit denjenigen zollen, die ihm in ihren Romanen ein Abbild unseres Daseins gewährten, die ihm vergönnten, die Portieren zu lüften, hinter denen sich unsere aristokratische Existenz, unsere nobeln Passionen verbergen.

Ich liebe die Großmut in dem Charakter des Edelmannes, sie gehören zu ihm wie der Helmsturz in seinen Blason; und ich schätze die Milde in dem Herzen einer Frau, denn sie kommt ihr zu wie die blaßgelben Handschuhe ihren zierlichen Händchen. So will ich, obgleich es mein Herz zerreißt, untertauchen in die schmerzlichen Erinnerungen meines Lebens und mich sakrifizieren zum Besten der Roture, die schon seit Jahren mit blödem, adorierendem Staunen den mirakulösen Schicksalen unsers Hauses folgte.

Ich stamme von einem altgriechischen Hause ab, dessen Uranfänge sich in die Zeiten des Deukalion verlieren. Der erste Ahne, dessen Name in den Registern unsers Geschlechtes verzeichnet worden, ist Diogenes; seine Laterne, mit der er Menschen suchte, leuchtet in unserm Wappen. Er hinterließ keinen männlichen Erben, er selbst hatte in seiner schroffen, gewaltsamen Natur die Kraft ganzer Generationen verbraucht. Nur eine Tochter blieb von ihm zurück. Ihr vermachte er seine Laterne, sie segnete er in seiner Sterbestunde mit den Worten: »Suche einen Menschen, bis du den Rechten findest.«

Dies mysteriöse Wort ist der Segen und der Fluch unsers Geschlechtes geworden. An ihm sind die edelsten Herzen zerbrochen. Die ganze wandernde Rastlosigkeit, der ganze zynische Idealismus, oder soll ich sagen, der ideale Zynismus und alle Abnormitäten in dem Behaviour unseres Stammvaters sind auf uns übergegangen und machen heute noch die Grundzüge unsers Geschlechtes aus, das sich merkwürdigerweise fast nur durch die Geburt von Töchtern fortpflanzt. Die Laterne ist ein Kunkellehn geworden.

Ich übergehe mit rücksichtsvoller Diskretion das Leben der Frauen unsers Hauses im Mittelalter. Man ist es sich schuldig, *égards* zu nehmen und nicht freiwillig dem blöden Auge der Masse die *partie honteuse* seiner Familie preiszugeben. Wie leicht könnten bürgerliche Frauen, in deren rohe, von schwerer Arbeit zerstörte Hände mein Buch fiele, das edle, unbefriedigte Dasein meiner Ältermutter mißverstehen. Wie könnte eine Frau, die sich begnügt mit der kühlen Liebe eines bürgerlichen Regierungsrates und mit der waschenden und kochenden Pflichterfüllung in ihrer engen Sphäre, das große Leid einer Kaiserin Messalina, einer Lucrezia Borgia, einer Königin Johanna von Neapel verstehen! Wie könnte sie die Schmerzen rastlos suchender, ewig unbefriedigter Liebe verstehen, die in jenen Frauen so gewaltsam wurden, daß die glühende Liebe sich in Haß verkehrte und die Fackel des Hymen sich verwandeln mußte in den Dolch und in das Schwert! Oh, es gibt furchtbare Sensationen, es gibt tragische Emotionen in dem Dasein edler adeliger Weiber, von denen ihr nichts wisset, die ihr in den Tälern und nicht auf den Höhen des Lebens geboren seid!

Aber die nivellierende Macht der Zeit hat auch unserem Geschlechte die Titanenkraft gelähmt. Wir sind nicht mehr, was wir waren. Wir sind nervös geworden in der engen Atmosphäre der Städte, seit wir herabgestiegen sind von den Zwingburgen des Mittelalters. Wir haben das heilige Himmelsfeuer in unserer Brust zu verbergen gelernt, wir müssen uns menagieren. Der Dolch ist unserer Hand entfallen vor Schreck über das plebejische Institut der bürgerlichen Assisen, unsere Empfindungen sind dieselben geblieben.

Wir suchen heute noch das Ideal des Mannes, wie es unserer Phantasie vorschwebt – und wir finden es nicht; wir dürfen die Laterne in unserem Wappen noch nicht verlöschen, der »Mann *par excellence*« ist noch nicht in den Horizont unseres Hauses getreten. Wir suchen ihn durch alle Länder, durch alle Stände – vergebens! Wir finden den »Rechten« nicht, und doch muß er da sein, denn was bedeutete sonst die mysteriöse Laterne unsers Ahnen? Was bedeutete sein Segen, unsere mystische Devise? Wir, seine unglückseligen Töchter, sind die ewigen Juden des Herzens; dieses Suchen hat die Herzen meiner nächsten Verwandten usiert, die edle Toska Beiron, die geniale Faustine, die himmlische Gräfin Renate und meine göttliche Mutter Sibylle hatten ihre Herzen erschöpft in vergeblichen Liebesversuchen, und ich – ich verzweifle an der Liebesfähigkeit meines Herzens, und ich muß dennoch die Liebe suchen. Das ist ein großes, tragisches Schicksal!

Das Leben meiner Mutter ist bekannt bis zu dem Zeitpunkte, wo ihr der schöne Engel, ihre Tochter Benevenuta, starb, dies Kind ihrer ersten Ehe. Benevenutas Vater, Graf Paul, war gestorben. Meine Mutter hatte den brillanten Grafen Astrau geheiratet und sich von ihm getrennt, sie hatte gefunden, daß er nicht »der Rechte« sei. – Vergebens war es gewesen, daß der geniale Musiker, der edle Meister Fidelis, sie liebte, wie man Gott und die Sterne lieben würde, wenn sie sich in ihrer Unerreichbarkeit plötzlich als reizende, gefallsüchtige, phantastische Weiber zeigten. Weder Astraus: »Sibylle, wach auf!«, mit welcher Zauberformel er das Herz meiner Mutter aus seiner unmenschlichen und wohl darum göttlichen Apathie zu reißen strebte, noch Fidelis' tragische, verzweifelnde Klage: »Eine immense Seele, aber leer!« hatten in dem Titanenwesen meiner unglücklichen Mutter einen Funken wahren Gefühls hervorgerufen. Da schien es, als ob des Jünglings, des Grafen Wilderich Liebe sie erwärmen wolle; aber war es die Kälte der Gletscher, in deren Nähe sie lebten, war es einer der Zaubersprüche, die über uns schweben, meine Schwester Benevenuta liebte den Jüngling, und meine Mutter fühlte eine edle Apprehension, die Rivalin ihrer Tochter zu werden. Sibylle resignierte, und Benevenuta starb aus Gram, weil Wilderich nichts für sie gefühlt hatte. Vielleicht waren aber auch die ewigen Reisen meiner Mutter, auf denen Benevenuta sie von Kindheit an begleiten mußte, und der daraus folgende Wechsel des Klimas und der Lebensweise schuld an meiner Schwester Nervosität und ihrem frühen Tode.

Meine Mutter glaubte zu sterben vor Schmerz und Leere. Die Ärzte fürchteten eine Verknöcherung des Herzens für sie, da alle ihre Anlagen sie zu diesem Übel prädestinierten. Die Luft Roms lastete erdrückend auf ihr, sie mußte fort »in die Welt«, wie meine Tante Toska es bezeichnet hatte, als der edle Sigismund Forster um ihretwillen erschossen worden war. »In die Welt, gleichviel wohin!«

rief meine Mutter ihrem Kuriere zu, als sie im Hotel Meloni an der Piazza di Popolo zu Rom ihren Reisewagen bestieg; und da ihr Kurier eine schöne Grisette im Quartier Latin zu Paris wiederzusehen wünschte, ließ er den Wagen nach Nordwesten fahren.

Mit geschlossenen Vorhängen, die Füßchen auf den Rücksitz gelegt und in kostbare Kaschmirs gewickelt, ganz allein, so fuhr meine Mutter durch die blühenden Fluren Italiens. Sie blickte nicht hinaus, denn ihre Seele war in ein apathisches Hindämmern versunken. Sie sprach kein Wort, weder mit dem Kurier noch mit ihrem Mädchen, das seit zwanzig Jahren in ihren Diensten war. Wie konnte sie auch sprechen mit Menschen aus jenen Sphären, die von den Elans einer Seele wie die immense Seele meiner Mutter keine Ahnung haben.

Es war im Spätherbste, als meine Mutter plötzlich das Halten ihres Wagens bemerkte und, zum ersten Male seit Rom die Augen aufschlagend, sich vor dem Hotel des Grafen Astrau zu Paris erblickte. Indigniert über dieses Ereignis, fragte sie den Kurier, wer ihr das getan habe. Der Kurier sah sie ganz verwundert an, er verstand nicht einmal ihren Zorn. In seiner bürgerlichen Einfalt hatte er gemeint, wenn die Gräfin Astrau es ihm überlasse, sie »in die Welt« zu fahren, so würde es wohl das Natürlichste sein, daß er sie zum Grafen Astrau bringe, von dem sie nur getrennt, nie geschieden worden war.

Während meine Mutter noch in sich überlegte, was sie zu tun belieben würde, öffnete ein Stallknecht das Portal des Hotels, eine elegante Gique rollte daraus hervor. Otbert Astrau, in dieser Trauer schöner und faszinierender als je, saß darin, an der Seite seines Grooms, der eine Trauerlivrée trug.

Sibylle sehen, herabspringen, ihren Wagen aufreißen und sie in seinen Armen die breiten Treppen des Hotels hinauftragen, war das Werk eines Momentes. Meine Mutter wußte nicht, wie ihr geschah. Willenlos lag sie in den Armen des Grafen. Seine Augen sprühten flammendes Leben in die erstarrten Glieder der wundervollen Frau. Er warf sich vor ihr nieder, er strömte alle Glut seiner Phantasie, alle Poesie seiner Dichternatur vor ihr aus. Er sagte ihr, wie er sie ersehnt seit lange, er klagte ihr, daß auch ihm seine Tochter, Arabellas Kind, plötzlich gestorben sei. Sibyllas Tränen um Benevenuta, die, zu Eis erstarrt, sich um ihr Herz gelegt, begannen zu schmelzen und zu fließen vor der Flamme seines Auges. Sie fühlte ihr grauenhaftes Isoliertsein, der Magnetismus seiner Natur, der Zauber seines ganzen Wesens begannen eine Reaktion in ihr zu erwecken, und von widerstrebenden Gefühlen angezogen und abgestoßen, sank sie, instinktiv seine Hände ergreifend, an seine Brust.

Ein kurzes, traumstilles Glück folgte dieser Stunde. Ihm verdanke ich mein Dasein. Aber kaum war ich geboren, als die Illusionen entschwanden, die sich verhüllend eine Weile zwischen meine Mutter und die Wirklichkeit gestellt. Sie hatte an Astraus Liebe glauben wollen, sie hatte gehofft, er werde dennoch »der Rechte« sein, nun das wilde Feuer seiner Jugend verraucht wäre. Aber was konnte für Sibylle ein Otbert sein, der wie alle Roués, und ein Roué war er immer gewesen, zu einem entschiedenen Materialisten geworden war. Der Tod seiner Tochter, das Wiedersehen Sibyllas hatten ihm für Momente einen Reflex seiner Jugend gegeben, und blitzschnell hatte er kombiniert, welche finanziellen Ressourcen eine Wiedervereinigung mit seiner immens reichen Frau ihm, dem armen Weltmanne, gewähre. Meine unglückliche Mutter war dupiert, trotz der vielfachen Erfahrungen, die ihr Leben ihr bereits gegeben hatte.

Wenige Tage nach meiner Geburt starb mein Vater in einem Duelle, das er wegen einer hübschen Tänzerin mit dem Redakteur eines oppositionellen Journales hatte. Meine Mutter war in Verzweiflung, nicht über den Tod ihres Gatten, denn dieser erlöste sie von einer freiwilligen Abhängigkeit, die sie gerade deshalb wie eine doppelte Schmach empfand; aber der edle Stolz ihrer Seele war verwundet dadurch, daß der Mann, dessen Namen sie und ihr Kind tragen mußten, sich mit einem Bürgerlichen geschlagen hatte. Sie blieb sich gleich in schöner Marmorkälte in jedem Moment ihrer Existenz.

Dieses Evénement rief ihren alten Herzkrampf hervor, und in der Alteration jener Tage verschlimmerte sich das Übel derart, daß sie starb, noch ehe ich getauft war. Friede ihrer Asche und Ruhe ihrer Rastlosigkeit!

Sie hatte verordnet, daß ich, zum Andenken an unsern Ahnherrn und als Bezeichnung unseres tragischen Geschickes, das uns »zu suchen und nicht zu finden« verdammt, Diogena heißen sollte. Oh, wie ist der Name mir eine ominöse Vorbedeutung geworden.

Meine Mutter hatte kurz vor ihrem Tode ein Testament gemacht, in dem sie bestimmte, daß ich, fern von dem Treiben und den Erregungen der großen Welt, auf unseren Stammgütern im Norden Deutschlands erzogen werden sollte. Einer Freundin, einem Fräulein von Dornefeld, ward meine Erziehung übergeben. Diese würdige und treue Pflegerin war der entschiedenste Gegensatz von meiner Mutter. Sie hatte in ihrer Jugend einen adeligen Referendarius geliebt, der früh gestorben war, noch ehe er sie zum Altar führen konnte. In treuer Liebe hatte sie den Witwenschleier über ihr Dasein geworfen und war still und einsam durch das Leben gegangen, Hilfe spendend den Hilfsbedürftigen und überall sich einfindend, wo es irgend eine Lücke auszufüllen gab. Meine Mutter hatte ihre Bekanntschaft im Hause unseres verehrten Verwandten, des Bischofs von Bamberg, gemacht, dem sie eine treue Pflegerin gewesen war bis an sein Lebensende.

Mit stummer Irritation hatte die gute Dornefeld die Exaltationen, das Meteorartige in dem Wesen meiner Mutter angestaunt, das ihr bald mirakulös, bald monströs erschienen war. Aber ihr ängstliches Staunen wich dem Gefühl des Mitleids, als sie sah, wie unglücklich diese Frau war, welche kometenartig die Bahn an dem Horizont des Lebens durchstürmte.»Oh, meine Gräfin!« hatte sie oft gesagt,»wie anders wäre Ihr Los geworden, hätte man Sie früh an eine treue, weibliche Brust gelegt; hätte eine linde Frauenhand die wilden Stürme dieser Natur durch milde Liebe magnetisch kalmiert.« Und mit solcher Konfiktion hatte sie diese Worte gesprochen, daß meine Mutter sich derselben noch auf ihrem Totenbette erinnerte und mich der treuen Seele zu übergeben beschloß.

Meine ersten Erinnerungen knüpfen sich an unser Stammgut und an die Dornefeld. Meine Mutter hatte gewünscht, mich von allem fernzuhalten, was meine jugendliche Seele eritieren konnte. Sie hatte es der Dornefeld zur Pflicht gemacht, für eine kräftige Entwicklung meines Körpers zu sorgen und meinem Geiste Zeit zu gönnen, sich innerlich zu developpieren, ehe man ihn nach außen durch Wissenschaft und Kunst zu beschäftigen suchen würde. Nur Frauen sollten mich unterrichten und in meiner nächsten Umgebung leben, denn meine Mutter erinnerte sich, wie früh sich ihr Verhältnis zu dem Meister Fidelius eigentlich entfaltet hatte, und wünschte mich davor zu bewahren.

So führte ich ein wunderbares Doppelleben. Auf einer Seite klösterliche Zucht und Einsamkeit, auf der andern ein wahrhaftes Elfenleben in Wald und Feld. Da mein Körper durch Übung entwickelt und dennoch männlicher Unterricht vermieden werden sollte, wählte die gute Dornefeld eine Mademoiselle Rosalinde, die früher Mitglied einer Kunstreitergesellschaft gewesen war, zu meiner Lehrerin im Reiten und ließ eine Hallorin, Margarethe Feller, kommen, welche mich im Schwimmen, Turnen und Schlittschuhlaufen unterweisen sollte.

Rosalinde war eine ganz aparte Erscheinung. Sie war schön gewesen, war adoriert worden von den brillantesten Kavalieren, bis ein unglücklicher Sturz vom Pferde ihre ganze Existenz bouleversierte. Sie mußte auf ihre Karriere renoncieren, und da in der Zeit, welche sie an das Krankenlager gefesselt verlebte, ihr Geist sich mit Intensität nach innen wendete, war der Wunsch nach einem reinen, moralischen Wandel in ihr rege geworden. Sie hatte einen Geistlichen verlangt, dieser hatte sie mit seiner Freundin, der guten Dornefeld, in Rapport gebracht, und so war sie von dieser in unser Haus aufgenommen worden, um sich zu erheben durch ein ruhiges Leben und mich zu bewahren von einem unruhigen, durch männliche Leidenschaften getrübten.

An Rosalinde hing ich mit tiefster Inklination. Wenn die gute Dornefeld mich mit dem Nähzeug beschäftigen wollte, so scheiterte ihr Bestreben an meinem ganzen Naturell. Nicht als ob ich es nicht hätte lernen können oder wollen; im Gegenteil, ich begriff alles spielend, aber die ganze Leidenschaftlichkeit meiner Natur warf sich bald auf das Stricken, bald auf das Tapisserienähen, und während ich in einem Tage die Arbeit von drei geübten Frauenzimmern verrichtete, rieb ich meine Kräfte auf und versank am Abend in eine Abspannung, die fast an Somnambulismus grenzte. Es ist wahr, die Strümpfe, welche ich damals in der bewußtlosen Geschäftigkeit eines Kindes strickte, hatten einen unwiderstehlichen Charme, eine Weiche, eine Wärme und Leichtigkeit, die nie ein anderer erreichen würde. Die Blumen meiner Tapisserie waren von einem Farbenschmelz, ich möchte sagen, einem Dufte, die für Naturen, welche mir sympathisch verbunden sein mochten, geradezu berauschend waren. Meiner Umgebung blieb diese Erscheinung ein Rätsel! Ich begriff es später nur zu gut. Es ist gleichviel, auf welche Gegenstände sich eine immense Seele, wie wir Frauen unseres Hauses sie besitzen, richtet; das Fluidum, das sie ausströmt, wirkt überall bezaubernd, und dies ist der unglückliche Magnetismus, der uns die Herzen der Männer entgegenführt, der sie uns unterjocht, ohne unser Zutun, zu unserer furchtbaren Pönitenz; wir müssen die fremden Herzen zertrümmern, weil wir selbst keine haben.

Hatte ich meinen Tapisserie-Paroxysmus ausgetobt, so sank ich müde nieder, und trostlos stand die gute Dornefeld an meiner Seite, denn sie wußte in ihrer Engelsmilde mit solcher impetuosen Natur wie die meine nichts zu beginnen. Dann kam Rosalinde wie mein guter Engel herbei. Sie hatte Erzählungen, die mich ganz anders ablenkten von mir selbst als die stillen Vergißmeinichtkränze, welche die gute Dornefeld zu meiner Zerstreuung für mich flocht. Sie erzählte mir von Paris, vom Cirque Olympique, von Franconi. Sie beschrieb mir ihre Kostüme und ihre Triumphe; sie erzählte mir von den Männern, die ihr gehuldigt hatten, von tollkühnen Kunstreitern und sentimentalen Dichtern, von verschwenderisch großmütigen Marquis, von knauserigen Bankiers, zärtlichen Offizieren, galanten Diplomaten und von ganz bezaubernden Grafen. Ach, die Grafen waren von jeher ihre und meine Passion. Ich wurde ebensowenig müde zu hören, als sie zu erzählen. Ihre weichen, parfümierten Locken, ihre feuchtglänzenden Augen, der Schmelz ihrer Zähne und das ganz eigentümliche *je ne sais quoi* gräflichen Liebreizes schwebte vor meiner Seele und tauchte als festes Bild aus dem Purpurgewölk der untergehenden Sonne für mich hervor, wo andere, unbedeutende Kinder den lieben Gott mit seinen Seraphim und Cherubim erblicken.

Dann schwand die Abspannung, dann fiel ich meiner Rosalinde um den Hals, befahl mein Pferd zu satteln und stürmte, in dem Sattel stehend, an Rosalindes Seite hinaus in das Freie, in die Welt, in die schöne Welt hinein, wo die bezaubernden, brillanten, irresistiblen Grafen waren. Mein Herz schlug dann hörbar, die ganze Glut unseres Familiennaturells klopfte wie Frühlingsahnung in meinen jungen Adern. Mir war, als müsse ich fliegen, weit, weit über die alten Eichen hinweg, hinweg über die Grenzen unseres Gutes, die Grafen zu suchen. So mag einem jungen Wandervogel zumute sein, den man im Frühling mit gestutzten Flügeln zurückhält, in der aboininabeln Enge eines Käfigs. Hinter jedem Busche, hinter jeder Hecke erwartete ich einen jungen Grafen hervortauchen zu sehen, und wenn es dann ein Bauernbursche oder einer unserer Domestiken war, so vermehrte dies Désappointement den instinktiven Degout, den ich gegen diese ganze Kaste schon mit dem Leben von meiner Mutter geerbt hatte.

Langte ich dann enttäuscht und fatiguiert auf unserem Hofe wieder an, so mußte die gute Margarethe kommen, um mit mir zu schwimmen und durch das frische, kühle Element meine erschöpften Kräfte zu restaurieren. Stundenlang hatte ich mich gewöhnt, im Wasser zu leben. Es war mir homogen geworden und ich bewegte mich darin ganz mit demselben Behagen, mit welchem andere Kinder sich auf der Erde ergötzen. Oft kehrte ich erst spät nach Mitternacht zu der geängstigten Dornefeld zurück, die bleich, mit gefalteten Händen dasaß vor den Folianten, welche über die Erziehung des weiblichen Geschlechtes geschrieben worden sind, und Gott um die Weisheit bat, das rechte Buch zu finden, die Zauberformel, einen Charakter wie den meinen zu domptieren.

Wenn ich sie dann so vor mir erblickte, mit den Spuren von Tränen und liebevoller Sorge um mich in ihren guten, tristen Augen, dann schwand das wilde Elemene in mir dahin. Aufgelöst in Tränen, voll von den besten Resolutionen, kniete ich vor ihr nieder. Ich gelobte, sie nie wieder durch mein Ausbleiben zu ängstigen, ich schwor, mich nie wieder dem Tapisserie-Paroxysmus zu überlassen, ich wollte das wilde Reiten, das vehemente Schwimmen und all meine heftigen Allüren abandonnieren. Ich bat sie, mit mir zu beten, damit ich von Gott die Kraft erhalten möchte, meine Vorsätze zu erfüllen, und schlief zuletzt in ihren Armen ein, um von den jungen Grafen zu träumen, die mir von den höchsten Zweigen unserer uralten Eichen und aus dem Wellengrün unserer stillen Seen mit feinen aristokratischen Händchen ihre Liebesgrüße zuwinkten.

So schwanden in unserer ländlichen Einsamkeit Tage, Monate und Jahre dahin. Ein ganzes Corps weiblicher Lehrerinnen war allmählich auf unserem Gute installiert worden, und die Vorträge in den Wissenschaften hatten ihren Anfang, meine Kenntnisse die rapidesten Fortschritte gemacht. Ich sprach alle lebenden und toten Sprachen, ich kannte die Geschichte und Geographie wie ein Professor, machte entzückende Verse und sang, zeichnete und tanzte wie ein Engel. Aber dies alles reichte nicht hin, mich auszufüllen; in früher Jugend war ich geistig blasiert, ich verlangte, weil mir das Lernen keine Mühe, sondern nur ein Zeitvertreib, ein Lückenbüßer war, immer nach mehr und immer nach neuem. Endlich fiel ich, als ich eben eingesegnet war und mein fünfzehntes Jahr vollendet hatte, darauf, Heraldik zu studieren. Die gute Dornefeld übernahm es, selbst sehr bewandert in dieser Branche der Geschichtskunde, mich darin zu unterrichten. Bald kannte ich alle Wappen aller adeligen Geschlechter der Welt, bis hin zu den Brahminen und Mandarinen Asiens. Überall wußte meine Lehrerin mir freundlich Aufschluß und sinnige Deutung zu geben; nur wenn ich sie fragte, was die frappierende Laterne und die mysteriöse Devise meines Wappens bedeuteten, so schloß sie mich mit schwermütigem Air an ihr Herz und sagte: »Oh, meine Diogena, forsche nicht! Es gibt Geheimnisse, welche Gott mit hoher Clemenz' dem Auge des Menschen kaschieren will. Denke, dies sei ein solches, und Gott wird dich davor bewahren, meine Diogena, daß es sich dir nicht zu deinem Schaden von selbst enthülle.«

Dies Mysterium aber ward mir zu einer wahren Tortur. Meine Seele fand keine Ruhe mehr. Es war mein sechzehnter Geburtstag, als ich aufs neue in die Dornefeld drang, mir das Geheimnis unseres

Wappens mitzuteilen. Sei es, daß ich es mit zu vehementer Art gefordert hatte, oder auch, daß sie durch eine Entschiedenheit, die außerhalb ihres Naturells lag, mir ein für allemal imponieren wollte, sie refusierte es mir mit einer Härte, die mich tödlich reizte. Ich stürmte hin, aus, warf mich aufs Pferd und jagte, als gälte es ein *Fox-hunting*, hinaus durch Feld und Wald. Ich hatte der Margarethe Feller, die in meinem Dienste das Reiten gelernt hatte, befohlen, mich zu begleiten und meinen Schwimmanzug mit sich zu nehmen.

Es war bereits Abend, als ich, glühend von der gehabten Szene und dem starken Ritt, an dem See anlangte. Ich warf mein Reitkleid ab, ließ mir den Schwimmanzug anlegen und stürzte mich in die limpide Flut, die mich liebend umschloß, wie eine Mutter ihr Kind an sich drückt, weich und doch fest und verhüllend. Ein zauberisches Abendrot war über die frühlingsgrüne Erde ausgebreitet. Wohin man blickte, fielen rosige Streiflichter durch das Eichengrün und glitzerten goldene Sonnenfunken durch die Luft. Ich schwelgte in idealischem Naturgenusse, meine Seele hatte ein wunderbares Epanchement gegen den Schöpfer, wahre Jubelhymnen lebenskräftigen Vollgefühls stiegen aus meiner Brust empor, die bereit war, sich neuen, längst geahnten ekstatischen Entzückungen zu eröffnen.

Da plötzlich drang ein unbekannter Ton an mein Ohr. Ich horchte auf! »Ein Posthorn!« rief die Feller, welche von Halle her diesen Ton nur zu gut kannte. Ich hatte in unserem von der Landstraße entfernten Schlosse nie ein Posthorn erklingen hören. Noch einmal erschallte der Ton, und ehe ich es erwartet hatte, hielt ein eleganter Reisewagen an dem Ufer des Sees.

Zwei Männer saßen darin. Der eine, schon über die Lebenshöhe hinaus, trug den Adel jener indestruktiblen Schönheit, welcher der Vorzug aristokratischer Geschlechter ist. Der jüngere – ach! Noch jetzt schlägt mein Herz in schneller Vibration, wenn ich mir die selige Emotion jenes Momentes vergegenwärtige.

Beide Kavaliere, denn dies waren sie unwiderleglich, bogen sich weit zum Wagen hinaus, als sie mich erblickten, und der jüngere besonders schien ganz bewildert durch meinen Anblick zu sein. Auch mochte er etwas sehr Ungewöhnliches bieten. Ich war damals in jener reizenden Periode des weiblichen Daseins, in dem das Kind urplötzlich zum Weibe geworden, alle Grazie der Kindheit und allen Zauber des Weibes in sich vereinigt. Der rosa Trikot, der mich umhüllte, verriet, soweit das Wasser mich preisgab, die makellose Schönheit meiner adeligen Gestalt. Meine goldblonden Locken hingen, wie mit brillantenen Reflexen übersät, auf meine Schultern herab. Die feinen schwarzen Fransen meiner breiten, mächtigen Augenlider verschleierten die schwarze Iris meines Auges, die, weich wie Sammet, doch so brennende Glut in sich verbarg. Mädchenhafte Scham trieb mich, mich vom Ufer zu entfernen, und doch hielt der flammende Blick aus dem Auge des Jünglings mich magisch gebannt in seinem Zauberkreise. Nur mit langsamen Stößen schwamm ich der Mitte des Sees zu, und den Kopf zurückwendend, sah ich, wie das Auge des jungen Mannes mir folgte, und hörte die Frage des Älteren, ob dies der Weg nach dem Schlosse sei?

Kaum war der Wagen an uns vorüber, als ich aus dem Wasser sprang, in fiebernder Hast mich in die Kleider warf, das Pferd bestieg und in gestrecktem Galopp dem Schlosse zueilte. Als ich dort anlangte, saßen die Fremden auf der Terrasse vor dem Gartensaale. Ich wollte zu ihnen gehen, sie in meinem Hause willkommen zu heißen, als die Dornefeld mir entgegen kam.

»Oh, meine Diogena!« sagte sie, »wie glüht dein liebes Antlitz, wie funkelt dein Auge! In dir bebt noch die ganze Erregung unseres heutigen Streites fort, und doch wollte ich, du wärest jetzt ruhig und mild, denn ein werter, unerwarteter Besuch ist uns geworden. Graf Mario und sein Sohn Bonaventura sind angelangt und begierig, dich zu sehen, mein Engel!«

»So laß uns zu ihnen gehen«, rief ich und flog mit der Leichtigkeit eines Vogels die Treppe zur Terrasse empor. Vergebens erinnerte mich die Dornefeld an die Unordnung meiner Toilette, ich beachtete es nicht. Ich hatte gehört, daß Graf Mario sich, müde des Reiselebens, in unserer Gegend eingekauft hatte, nachdem seine Gemahlin, die geniale Gräfin Faustine, in das Kloster der *vive sepolte* eingetreten war, »um anzubeten, immerfort anzubeten« und so dem Drange ihrer inneren Sehnsucht zu genügen. Sie war eine ältere Cousine meiner Mutter gewesen und der junge Graf Bonaventura also mein *Cousin à la mode de Bretagne*.

Ich hatte nie jemanden von meinen Verwandten gesehen, ich war ohne jugendliche Gespielen aufgewachsen, welch ein Wunder also, daß es mich mit warmer Sehnsucht den ersten Blutsfreunden entgegenzog, die ich erblickte. Mit allem graziösen Elan meines Wesens trat ich ihnen entgegen und bot erst Mario, dann Bonaventura die Hand.

Graf Mario schien bewegt von meinem Anblick. Er fuhr mit der Hand über Stirn und Augen und schloß mich dann, wie von unwiderstehlichem Impulse dazu getrieben, an seine Brust.

»Verzeihen Sie einem Freunde Ihrer Mutter, teure Gräfin!« sagte er, »wenn die Ähnlichkeit mit dieser und die Ähnlichkeit mit meiner unvergeßlichen Faustine mich übermannten. Oh! Sie haben die magischen Augen dieser Frauen, Sie haben das unnachahmliche faszinierende *je ne sais quoi*, das jenen eine so zauberische Macht verlieh.«

»So lieben Sie mich, Graf Mario!« entgegnete ich, »wie Sie jene Frauen liebten. Denken Sie, ich wäre Ihre Tochter! Ich habe meine Eltern nicht gekannt, ich habe einsam gelebt und ohne Liebe bis auf diesen Tag, und ich sehne mich sehr nach Liebe.«

Ein tiefer Seufzer der armen Dornefeld unterbrach mich und erinnerte mich daran, daß diese Worte ihr wehe getan haben konnten. Zerknirscht von Reue warf ich mich an ihr Herz. »Meine Dornefeld«, rief ich aus, »oh, du hast mich geliebt; du hast mich geliebt mit jener reinen, unirdischen Engelsliebe, wie die Seraphim sie für die Kinder haben, die ihrem Schutze anvertraut sind! Du hast meiner nie bedurft und mir doch alles gewährt, dich verehre ich, dich bete ich an, du bist zu hoch für meine Liebe.«

»Wunderbares Kind!« sagte Graf Mario, indem er mich befremdet betrachtete. »Und was denken Sie sich unter der Liebe, die Sie bis jetzt vermißt und ersehnt haben? Was verlangen Sie von ihr?«

»Was ich verlange?« wiederholte ich träumerisch und versank in ein momentanes Nachdenken. Das hatte ich mir selbst niemals klar gemacht, mich niemals gefragt. Mein ganzes Herz hatte das Wort »Liebe« wie ein Zauber erfüllt; wie die Gottheit dem Pantheisten das All ist, so war es mir die Liebe gewesen. Jetzt, da die positive Frage an mich gerichtet wurde, da Bonaventuras Augen mit sehnsüchtigem Ausdruck auf mir ruhten, da war es mir plötzlich, als erschlössen sich die verborgenen Tiefen meiner Seele, als sähe ich in den aufgetanen Schachten meines Herzens das funkelnde flammende Gold, die strahlenden Brillanten und die blutroten Rubine der Liebespoesie mir entgegenstrahlen, und das ganze profunde Mysterium der Liebe enthüllte sich mir wie durch eine instantane Revolution.

Ich schlug die mächtigen Augenlider empor und sagte, indem ich mit prächtigem Stolze die Grafen abwechselnd anblickte: »Was die Liebe sei, das weiß ich durch den Glauben meines Herzens so sicher, wie der Christ vermöge des Glaubens weiß, daß und was die ewige Seligkeit ist. Die Liebe ist das Einssein von zweien; ich höre auf zu sein, um in einem anderen erst wieder zu werden. Es ist eine Regeneration, es ist ein Aufgehen in dem Geliebten, dessen ganzes Wesen dafür mein eigen wird, mein eigen ganz und gar. Ein Mensch allein durchdringt das Geheimnis des Daseins nicht; aber zwei vereint zu einer Liebe, die durchdringen es. Die wirbeln sich empor mit der Lerche, im Frühlicht der Sonne entgegen, die lauschen dem schweigenden Pulsschlag der Erde in träumerischer Nacht, die beherrschen mit mächtigem Zauberstab die ganze Skala der Gefühle, daß alle Akkorde des menschlichen Daseins sich vor ihrem Willen zusammenfügen zu der wahren Sphärenharmonie, deren ewiger Text das eine Wort ist, ›Liebe!‹ –

Oh, die Liebe!« rief ich aus und sank totenbleich auf den Fauteuil, der mir zunächst stand.

Der Graf, die Dornefeld eilten, mir beizustehen, aber schneller als sie beide war Bonaventura zu meinen Füßen niedergesunken, und meine Hände in die seinen pressend, rief er ekstatisch: »O Diogena! Stirb nicht! Stirb nicht! Mein Ideal! Ehe du mich mit dir emporziehst in deinen Himmel der Liebesseligkeit, wo ich fortan wohnen muß mit dir, wenn ich nicht versinken soll in den Tartarus der Verzweiflung!«

Ich sprang empor, ich warf meine Arme mit Enthusiasmus zum Himmel empor und sagte: »Oh! Das ist der Klang der Stimme, auf den mein Ohr gelauscht, seit Töne ihm vernehmlich wurden! Das ist sie, das ist seine Stimme, die Stimme *par excellence*!« –

Wir lagen uns in den Armen, wir mischten unsere Tränen miteinander, wir erbebten unter den süßen Schauern des ersten flammenden Kusses. Ein Augenblick hatte zwei Existenzen indissoluble verbunden.

Graf Mario, die Dornefeld standen wie sprachlos dabei. Eine solche Précipitation überstieg alles, was sie je erlebt hatten, was man voraussehen konnte. Wir knieten vor dem Grafen nieder, wir baten um seinen Segen, er schloß uns gerührt an sein Herz. »Das ist Naturgewalt!« sagte er, »möge die Stunde eine gesegnete sein, die euch zusammenführte.«

Er sprach mit der Dornefeld von *bienséances*, von meinem Vormunde, von der Notwendigkeit, ihn zu Rate zu ziehen, wir hörten es kaum oder hörten es doch nur so, wie die seligen Bewohner des jenseits das unheilige Geräusch des Erdentreibens vernehmen mögen.

Bonaventura hatte mich hinabgeführt in den Garten zu einer Bank unter dem Schutze einer mächtigen Linde. Hier warf er sich abermals stumm vor mir nieder. Hier betrachtete ich zuerst die ganze magnifique Schönheit seiner Erscheinung. Er zählte damals etwa zweiundzwanzig Jahre. Hoch und schlank aufgeschossen, hatte er die ganze Flexibilität und die wundervolle Eleganz der Jünglinge aus altadeligen Geschlechtern. Dunkle Locken, schwarz wie die Flügel der Rauchschwalbe, legten sich weich um seine geniale Stirn, und wie Sonnenstrahlen aus dem spiegelhellen Blau eines Schweizersees, mit so limpidem Lustre tauchten seine goldbraunen Augen aus dem verschwimmenden Weißblau der Netzhaut hervor. Ich legte meine Händchen auf sein Haupt und wollte den Mund öffnen, um in Worten die ganze heiße Fülle meiner Seele auszuhauchen, da preßte Bonaventura meine Hände urplötzlich und fast gewaltsam an sich und sagte leise und mit vor innerer Emotion vibrierender Stimme:

»O schweig, schweig, meine Diogena! Fühlst du denn nicht, daß die Seele des Erdgeborenen nur gradatim die Wonne des Himmels erträgt? Fühlst du denn nicht, Diogena, daß mich heute dein bloßes Anschauen außer mir wirft? Und willst du mich vernichten durch Ekstase, indem du noch den Zauber deiner Rede gegen mich benutzest? Sei barmherzig, Himmlische, und schweige!«

Ich bebte vor Wonne, wie er selbst. Die ganze gefährliche Macht solchen Schweigens wuchtete sich über uns und bedrohte mich mit seiner Gewalt. Wie ich nun so dasaß, eingewiegt in die berauschende Wonne seiner Nähe, so fühlte ich dies Gefühl zu einer so exzessiven Höhe erwachsen, daß meine junge Natur in ganz oppositionelle Empfindung übersprang und von einem Extrem in das andere vaguierte. Ich brach in das inertinguibelste Lachen aus, so daß Bonaventura mich erschrocken fragte, was mir begegnet sei?

»O mein Bonaventura!« rief ich lachend aus, »ist es denn nicht zum Lachen, daß zwei Sprossen altadeliger Geschlechter eine Verlobung feiern wie die unsere? Wo ist da eine Spur von Etikette, von Konvenienz? Wo sind da alle Präliminarien solcher Verbindungen? Aber das gerade entzückt mich. Das gerade ist absolut vornehm, denn es ist über alle Berechnung erhaben. So, ohne Frage um alle irdischen Interessen, kann sich nur die Creme der Aristokratie verbinden, die wie Lilien auf dem Felde leben, ohne zu denken, daß man arbeiten und sich kleiden müsse; dies ist nur der Elite der Menschheit möglich, bei der diese Rücksichten fortfallen, bei der Reichtum und Adelsgleichheit und Sorgenfreiheit ein *cela va sans dire* sind. O mein Bonaventura! Laß uns Gott danken, daß wir zur Creme der Aristokratie gehören und diese Wonnestunde unseres Lebens ohne *arrière-pensée* feiern und genießen können.«

Bonaventura stimmte mir aus voller Seele bei, als der Graf und die Dornefeld uns zu suchen kamen und nun selbst lachen mußten, da sie uns erblickten; denn ein wunderlicher ajustiertes Paar hat wohl nie in den Regionen, in denen wir uns bewegten, seine Verlobung gefeiert. Bonaventura, der nach beendigten Universitätsstudien mehrere Jahre auf Reisen gewesen war, kehrte jetzt von diesen zurück. Sein Vater war ihm bis Berlin entgegengefahren, ihn auf seine Güter zu holen. Bonaventura trug den bequemen sandfarbenen Paletot moderner Touristen, die ungebleichte Leinwandweste, den grauen breitkrempigen Filzhut und die leichten Gamaschen, welche die Engländer, diese Meister des Komforts, *en vogue* gebracht haben. Ich hatte ein dunkelbraunes Reitkleid, das an einer Seite in die Höhe geknöpft war. Da ich alle Kleinlichkeit und alle Gene in meiner Toilette haßte, so mochte ich von Chemisetts und Krawatten und Manschetten und all den tausend *aimables riens*, in denen andere Frauen ihre Freude suchen, nichts wissen. Ein breiter weißer Kragen, der Hals und Brust frei ließ, fiel über meine Schultern herab und war halb verdeckt von den Locken, die, durch das Wasser beim Schwimmen geglättet und durch den Ritt noch nicht ganz getrocknet, in einer prachtvollen Grazie wie verdichtete Sonnenstrahlen um mich her funkelten.

Der Haushofmeister erschien, uns zu melden, daß der Tee serviert sei. Ich hatte in der Wonne meines Herzens nicht gedacht, daß es noch eine Teestunde auf der Welt gäbe und daß jetzt, da ich so glücklich sei, noch jemand auf Erden essen werde. Wie erschrak ich also, als Bonaventura, mir seinen Arm bietend, um mich in das Haus zu führen, mit großer Zufriedenheit in die Worte ausbrach: »O vortrefflich, meine Diogena! Du sollst es sehen, wie ich deine Gastfreiheit benutzen will. Die lange Fahrt und all die heftigen Emotionen meiner Seele machen ihr Recht geltend, und ich bringe dir einen wahren Homerischen Appetit für unsere erste gemeinsame Mahlzeit mit.«

»Das freut mich für dich!« sagte ich, aber eine Wolke des Nichtverstehens legte sich um meine Seele.

Während wir an der Tafel saßen, während Bonaventura mit großem Eifer der Mahlzeit zusprach, und, alle leichten Konfitüren vermeidend, sich die festen, nahrhaften, kalten Fleischspeisen aussuchte und dazwischen heiter mit seinem Vater und mit mir von seinem Glücke sprach, weinte mein Herz im stillen Innern die ersten bittern Tränen herben Désappointements.

Oh, er liebte mich nicht! Wie konnte er hungern und dürsten gleich einem gemeinen Menschen, der Mann, der eben erst von meinen Lippen den Nektar des ersten Kusses getrunken, der begehrt hatte, ich solle schweigen, damit er nicht der Wonne, dem Glücke erliege! Und jetzt sprach er selbst ganz heiter von den gleichgültigsten Evenements, lobte den Tee und erzählte von seinen Reisen *comme si de rien n'était*, und ich, ich, Diogena, saß an seiner Seite! Und ich liebte ihn! Ich glaubte es wenigstens damals. Oh, was glaubt nicht ein candides Herz mit sechzehn Jahren; was glaubt nicht eine Diogena, deren Wappen die Laterne ist und die den Rechten zu suchen prädestiniert ist, von dem unerbittlichen Fatum.

Tränen traten mir in die Augen, ich vermochte nicht zu sprechen, ich konnte nichts entgegnen auf alles, was mir Graf Mario Gütiges und Bonaventura Zärtliches sagten. Was sie von meinem Vormunde, von seiner zu fordernden Einwilligung zu unserer Verbindung, von meinen Gütern, von meinem Besitz und der Verwaltung derselben sprachen, das verstand ich nicht. Das war ja auch alles ganz unaussprechlich indifferent gegen das große Eine, unsere Liebe. Aber je länger wir beisammen waren, je mehr Graf Mario mit der Dornefeld über den Zustand meiner Untertanen zu sprechen anfing, je eifriger hörte auch Bonaventura auf diese Unterhaltung. Er sagte, die Leute seien bis jetzt mit beispiellosem Mangel an Philanthropie, mit Hintansetzung all ihrer Interessen behandelt; er sehe, daß es ihnen an dem Nötigsten fehlen müsse; er sprach von Schulenanlegen, von Hospitälern und Gott weiß, wovon noch – und ich saß an seiner Seite, und all dies wüste Gespräch fiel in meinen ersten seligen Liebestraum hinein, um mich fruchtbar schmerzlich zu erwecken. Was kümmerten mich meine Untertanen und ihr Elend oder ihr Glück? Was hatte mein prächtiger aristokratischer Egoismus zu schaffen mit den Tränen jener uneleganten, rothändigen Horden? Wie durften sie es wagen, ihre bleichen Jammergestalten zu drängen bis in die Seele eines jungen Grafen, eines Bonaventura, der eine Diogena liebte, dem eine Diogena sich gelobt seit wenig Stunden.

Ich hätte aufschreien müssen bei dem ersten Versuche zu sprechen, und um dies zu evitieren, fing ich zu essen an mit einer krampfhaften Vehemenz. Bonaventura sollte nicht sehen, wie tödlich ich litt; ich wollte ihm meine furchtbare Alteration nicht zeigen; ich gönnte ihm nicht, die Regrets zu sehen, die es mir erregte, daß er mich nicht liebte. Aber ich stand noch nicht am Ziele meiner Deceptionen. Mit Entsetzen ward ich gewahr, daß das Essen mir deliziös schmeckte. Ich fühlte, daß ich also Bonaventura nicht liebte, daß ich ihn nicht lieben könnte, nie lieben würde; denn die Liebe, die ich ersehnte, die erhob den Menschen über solch niedriges Bedürfnis, die emanzipierte ihn von allem Irdischen, soweit es sich nicht auf das geliebte Objekt bezog – und wir soupierten beide, und wir sollten uns heiraten, und ich hatte geglaubt, diesen Menschen zu lieben.

Graf Mario und Bonaventura bemerkten das Changement, das sich in mir operiert hatte, und mit jenen zärtlichen Soins, deren Naturen wie Bonaventura kapabel sind, drang er in mich, ihm den Grund meiner Verstimmung zu enthüllen. Ich schwieg standhaft.

Da ich nicht glücklich sein konnte durch ihn, wollte ich wenigstens so elend als möglich werden, denn meine immense Seele strebte instinktiv nach dem Immensen und begehrte alle Radien der Seelenzustände zu durchlaufen. So nahm ich meine Resolution, heroisch mit dem Schmerze statt mit dem Glücke den Anfang zu machen.

Bonaventura war untröstlich über mein Schweigen, was kümmerte mich das in meiner Abgeschlossenheit? Ich fühlte, er war nicht der Mann, den ich ersehnt, er war nicht der Rechte, nicht mein anderes Ich selbst. Er war ein Wesen, von dem Fatum in meinen Lebensweg lanciert, um mich leiden zu machen. Ich nahm dies fatalistisch auf, mit stolzer Resignation, unbekümmert darum, ob auch Bonaventura litt. Er war nur Nebenperson in diesen Schicksalswirren, deren Mittelpunkt immer eine Frau ist, von der Trempe der Frauen unsers Hauses. Sie sind die Arc, um die sich in stupender Willen- und Anspruchslosigkeit die ganze übrige Welt zu drehen hat.

Graf Mario, von seiner himmlischen Gräfin Faustine und von meiner Mutter, der wunderbaren Sibylle, an diese kapriziösen Allüren der Frauen aus unserer Familie gewöhnt, sagte zu Bonaventura. »Laß sie, mein Sohn, und störe sie nicht. Ihr Geist hat nun einmal seine mirakulösen Allüren, und wer eine Diogena zum Weibe begehrt, muß sich beizeiten daran gewöhnen. Man muß sie lieben, denn domptieren kann man sie nicht.«

»Oder man muß liebenswert sein und von ihnen geliebt zu werden verdienen«, rief ich mit prächtiger Impertinenz und eilte auf mein Schlafzimmer, wo ich in bittere Tränen ausbrach.

Verwundert hatten mir die Grafen nachgeblickt.

Am Morgen war ich müde und abgespannt von der durchweinten Nacht, das machte mich anscheinend milder. Ich ging mit Bonaventura spazieren, ich hörte all seinen Liebesworten, seinen philanthropischen Ideen, die sein ganzes Wesen warm durchglühten, mit der Ruhe zu, mit der ein hoffnungslos Kranker, der seinen Zustand kennt und resigniert hat, auf die Trostesworte seiner Freunde hört. Seine Liebesworte fand ich kalt, seine Menschlichkeitsprinzipien, seine Ideen von der Gleichheit menschlicher Berechtigung kamen mir wahnsinnig vor. Ich schwieg und lächelte; der arme Bonaventura glaubte, ich sei glücklich.

Man hatte einen Expressen geschickt, um meinem Vormunde das Evénement zu annoncieren und seine Zustimmung zu erhalten. Sie langte am Abende des nächsten Tages an. Unsere Verbindung war so wohl assortiert, daß sie das Entzücken aller Angehörigen machte. Die Hochzeit sollte in der Mitte des Sommers gefeiert werden, und dann sollten wir reisen, weil doch ein aristokratisches Ehepaar unmöglich ruhig an Ort und Stelle bleiben konnte. Mein Schwiegervater wollte während unserer Abwesenheit die Verwaltung meiner Güter übernehmen.

Ich übergehe die ersten Tage meines Brautstandes, den Abschied von meinem Bräutigam. Ein Gefühl apathischer Stumpfheit war über mich gekommen. Manchmal meinte ich, ich müsse Bonaventura schreiben, daß ich ihn nicht liebe. Dann nahm ich die Feder zur Hand; aber kaum war es geschehen, so blickte von dem Papiere mich sein goldglänzendes Auge an. Mir war, als dränge der Strahl bis tief in meine Seele, ich fühlte seinen flammenden Atem meine Stirn berühren, seine Arme mich an sich ziehen, und seine Stimme hörte ich die Worte sprechen: »Und du willst nicht mein Weib werden?« Dann schien es mir, als müsse ich zu ihm fliegen, ihn um Verzeihung flehen, daß ich ihn nicht anbete. Ich wollte ihn heiraten, die Seine werden, aber – ich liebte ihn nicht. Ich fühlte mein Herz klopfen in gesunden, kräftigen Schlägen, ich hatte also ein Herz, und doch liebte ich den schönsten Mann nicht, den vielleicht die Erde je getragen hatte. Und Bonaventura war geistreich, edel, großmütig! Ich war mir selbst ein Rätsel.

Je näher unser Hochzeitstag kam, je mehr stieg meine Beängstigung. Da fiel ich in meiner Angoisse darauf, mich an Rosalinde zu adressieren, die mir die ersten Details über die Liebe in den höhern Sphären gegeben hatte. Die gute Dornefeld konnte mir nicht helfen, das fühlte ich klar. Ihre blöde, bornierte Weiblichkeit lag ganz außer den Grenzen einer Diogena; aber Rosalinden klagte ich meine Not. Sie hörte mir schweigend zu und sagte: »Meine Comtesse! Wie Sie ein adorabler, schuldloser Engel sind! Aber wer denkt denn daran in der vornehmen Welt, seinen Mann zu lieben? Darauf konnte nur ein so candides Geschöpf kommen wie meine holde Comtesse! Man heiratet seinen Mann, man wird die Mutter seiner Kinder, aber man liebt ihn nicht; im Gegenteil, man findet ihn unerträglich ennuyant, und er ist es auch; denn er denkt an materielle Interessen, er will sich ein Sort machen, das Sort seiner Kinder sichern, den Namen seines Hauses erheben und dergleichen. Er will ein Staatsbürger, ein Landstand oder gar ein Kosmopolit sein – solch ein Wesen kann man nicht lieben. Solch ein Wesen hat einen Schlafrock.«

»Auch in der Aristokratie?« fragte ich mit Entsetzen.

»Auch in der Aristokratie!« bestätigte Rosalinde unerbittlich und fügte hinzu: »Einen Schlafrock und oft sogar Pantoffeln, und es raucht Zigarren am Morgen und gähnt bisweilen am Abend, und liest Journale und ist in unserer Zeit, da er gewöhnlich Landbesitzer und Landstand ist, der öffentlichen Meinung des bürgerlichen Pöbels unterworfen.«

»Aber das ist ein Horreur!« rief ich und schlug schaudernd die Händchen zusammen; »aber ein solches Wesen kann man ja nicht lieben, das hat ja kaum Zeit, an die Liebe zu denken.«

»Nein! Es denkt auch gar nicht daran.«

»Aber was soll ich denn anfangen!« rief ich in Verzweiflung. »Du siehst es, Rosalinde, ich liebe meinen Bräutigam schon jetzt nicht, weil der ganze künftige Ehemann schon aus seinem Wesen hervorblüht. Ich muß ihn ja hassen und verabscheuen, wenn er wirklich ein veritabler Ehemann geworden sein wird. Was soll ich dann beginnen? Sieh, meine Verzweiflung, Rosalinde, ist so übermächtig, daß sie meine Natur bouleversiert, daß sie mich zwingt, sogar vor dir, die du mir nicht ebenbürtig bist, mein Herz auszuschütten; fühle die Ehre, die ich dir tue, hilf mir, rate mir, wen soll ich lieben? Denn lieben muß ich!«

Ich schwamm in Tränen. Ich hatte mich auf die braune Sammetcouchette meines hellblauen Salons geworfen. In dunkelblaue Shawls gehüllt, die mir von Schultern und Armen herabgeglitten waren, sah ich mit meinen goldblonden Locken, wie ich so auf der braunen Couchette dalag, wie Correggios büßende Magdalene aus, die sich in bereuendem Schmerze auf den dunkelbraunen Steinen der Felshöhle niedergeworfen hat.

Rosalinde kniete neben mir nieder, halb zu meinen Füßen hingezogen von dem Dankgefühl über die Gnade meiner Konfidenz, halb überwältigt von dem Zauber meiner faszinierenden Schönheit. Sie küßte meine fabelhaft kleinen Füßchen und sagte: »Oh, Comtesse, menagieren Sie Ihren gerechten Schmerz. Das Leben hat Kompensationen. Es ist wahr, es ist ein Horreur, daß man einen Ehemann nicht lieben kann auf jenen aristokratischen Höhen, aber es gibt Liebhaber, bezaubernde, müßige, magnifique Liebhaber, die nichts tun, nichts, absolut nichts, als lieben, und diese Liebhaber liebt man.«

Man hat von Leuten erzählt, die plötzlich von einem furchtbaren Schmerze befreit, nach vielen langen, schlaflosen Nächten, mit einer fabelhaften Spontaneität in Schlaf versinken und mirakulös geheilt erwachen. So ging es mir. Jener Revelation Rosalindens folgte seit meinem ganzen Brautstande der erste ruhige Schlaf. Ich sah einen Hoffnungsstern leuchten durch die Nacht meines Ehelebens, und mit dem Blick auf diesen Stern kam Friede und Freudigkeit in mein Herz.

Ich hatte mit Zuversicht mein Jawort am Altare gesprochen, wir waren in die Reisekalesche gestiegen und, in Baden-Baden angelangt, bald der Mittelpunkt der *beau monde* geworden, um den sich die Elite dieser Saison bewegte.

Mein Mann fand viele seiner Reisebekanntschaften in Baden schon anwesend und sehr begierig, mich kennenzulernen. Schon am ersten Abend präsentierte er mir drei junge Männer, den Fürsten Callenberg, einen Vicomte Servillier und einen Lord Ermanby, mit denen die Ausflüge für die nächsten Tage verabredet wurden.

Diese drei Männer waren von sehr divergierenden Charakteren. Fürst Callenberg, der Sohn des Fürsten Gotthard von Callenberg und der edlen Cornelie, Witwe des Grafen Sambach, hatte ganz das wunderbar impassible Temperament seines Vaters geerbt. Jahrelang hatte Fürst Gotthard mit einer instinktiven, nie encouragierten Treue an Gräfin Cornelie gehangen, war ihr instinktiv gefolgt und hatte konstant geschwiegen oder im Halbschlummer vor ihr in den Fauteuils gelegen, solange Eustach Graf Sambach lebte. Da er in seinem Leben nichts wahrhaft empfunden, nichts entschieden gewollt hatte und doch von der magnetischen Attraktion der Gräfin jahrelang wie ihr Schatten an sie gebannt blieb, so präsumierte er, das werde wohl Liebe sein. Er heiratete die Gräfin nach dem Tode ihres Mannes und nach der Verstoßung ihres Liebhabers, des bürgerlichen Lenor Brand.

Ich kannte zufällig diese Geschichten und Verwicklungen und war durch die superbe Herzenskälte seiner beiden Eltern zu Gunsten des jungen Fürsten präveniert. Auch entsprach er vollkommen dem edeln Bilde, das ich mir von ihm gemacht hatte. Stundenlang konnte er mit seiner Gigantentaille mir gegenüberstehen und mich regungslos anstarren, ohne eine Silbe zu sagen, ohne durch ein Zeichen zu verraten, daß er mir nur zuhöre, wenn ich sprach. Aber sowie ich mich erhob, stand auch er auf. Er trug meine Echarpe und meine Ombrelle, er machte meinen Stallmeister, wenn ich reiten wollte, holte mir den Mantel aus dem Wagen, sobald es kühl wurde, und tat all die Dienste, die bei ordinären Frauen ein indifferenter Lakai verrichtet, mit einer Devotion, mit einem Eifer, daß man sah, er werde durch den Impuls eines tiefen, sich selbst nicht bewußten Gefühls getrieben.

Ich kann nicht sagen, daß diese Art der stummen Huldigung, so sehr sie *bon genre* war, mich wesentlich interessiert hätte. Ich gewöhnte mich bald daran, den Fürsten mir folgen zu sehen, wie ein Planet seiner Sonne folgt, aber es ließ mich kalt. Nur wenn ich mit andern Männern sprach, wenn ich andern, brillantern Männern einen Vorzug vor ihm gab und eine Wolke schweren Dépits sich über das impassible Gesicht des Fürsten lagerte, dann machte es mir eine Art von Freude, ihn anzublicken und zu denken, daß ich selbst diesem Marmorherzen ein wenn auch nur momentanes und factices Leben einzuhauchen verstände.

Und brillanter war der Vicomte Servillier allerdings. Feurig, phantasiereich, pétillant und vacillierend wie alle Kinder der Provence, glich er auch in seinem Äußern den sinnigen, glühenden Troubadours der *cours d'amours*. Er machte entzückende Verse und sang sie vortrefflich nach selbst erfundenen Melodien. Gleich als mein Mann mir ihn vorstellte, sagte er mit einem Blicke, in dem sich die ganze heiße Innerlichkeit seiner Natur enthüllte:»Um Gottes willen, Bonaventura, wie kannst du in dem Strahlenglanze dieser Göttererscheinung leben, ohne zu fürchten, daß sie dich emporwirbelt von der Erde hinweg in die flammende Sonnenregion, der sie entsprossen ist!«

Es lag allerdings etwas provençalische Jactance in dieser Interjektion, aber der Graf war diese von Servillier gewohnt, und mich söhnte die Wunderlichkeit der Begrüßung mit dem Auffallenden derselben aus. Lord Ermanby sagte gar nichts, setzte sich schweigend nieder, den rötlichblonden Lockenkopf gegen einen Baumstamm, die Füße auf einen Stuhl gelegt, den er hin und her balancierte, während er den Knopf seiner Badine im Munde hielt. Er war ein Typus von *good breeding*.

Mein Leben ging nun seinen ruhigen Gang, wie das Leben aller Neuvermählten. Ich hatte Rosalinde mit mir genommen, da sie durch ihre früheren Liaisons mit Männern der *beau monde* sich eine gewisse elegante Ausdrucksweise angewöhnt hatte, die sie mir erträglicher machte als andere gewöhnliche Kammerjungfern. Zudem besaß sie aus der Zeit ihrer Seiltänzerkarriere eine große Toilettengeschicklichkeit, war klug und mir mit vollkommener Treue attachiert und hatte wirklich alle Qualitäten einer ausgezeichneten Kammerfrau.

Am Morgen gingen mein Mann und ich an den Brunnen, wo wir unsere Freunde trafen, dann pflegte Bonaventura in das Lesekabinett zu gehen und die Tagespapiere zu durchblättern, auch Lord Ermanby und der Vicomte schlossen sich ihm an. Nur der Fürst besaß den Vorzug eines echten, deutschen Kavalieres, sich nicht im geringsten um die Vorgänge in der Welt zu bekümmern. Die Welt, die Tagesereignisse, Politik und Literatur interessierten ihn nicht; seine Güter verwaltete ein Intendant, seine Revenuen wurden ihm zugeschickt, er fragte nicht um Politik, nicht um Literatur, er lebte ein durchaus müßiges und vornehmes Dasein.

Diese phänomenal aristokratische Natur fing an, mich allmählich zu beschäftigen. Eines Abends kehrten wir um zwölf Uhr von einem Spaziergange in unsere Wohnung zurück. Unsere Freunde hatten uns verlassen, wir waren seit langer Zeit zum ersten Male allein, mein Mann und ich, und ich ließ den Tee in meinem kleinen Boudoir servieren.

Es war ein komfortables, lauschiges Plätzchen. Grüne Weinranken zogen sich zu den geöffneten Fenstern hinein und fielen bis auf den grünen Sammetdiwan, auf dem ich lag. Ich hatte ein weißes Negligé übergeworfen, kleine blaßblaue Atlaspantöffelchen angezogen und lag nun so da, wie eine Nachtviole, die in holder Schönheit bewußtlos blüht, unter dem sanften Strahl des Mondes. Eine Astrallampe mit leichtem Überwurf verbreitete ein mildes Licht, und unter der silberhellen Teevase sprühte die kleine rötliche Flamme, in die ich träumerisch blickte, als Bonaventura hereintrat.

Er sah mich ganz bezaubert an und kniete zu mir nieder. »Wie schön du bist, meine Diogena!« sagte er, »wie schön du bist!« wiederholte er und ergriff meine Hände, die er küßte.

Ich ließ es schweigend geschehen. Bonaventura setzte sich auf den Divan nieder und sprach: »Nimm nur deine Füßchen in acht, daß ich sie dir nicht drücke, denn sie müssen müde sein, meine Diogena! Du bist heute mirakulös umhergewandert, und ich selbst fühle mich fatiguiert.«

Ich legte mich schweigend mehr gegen die Wand zurück, um ihm Platz zum Sitzen zu lassen, da rief er: »Aber Diogena! Warum antwortest du mir nicht, mein Engel! Warum soll ich den süßen Ton deiner Stimme nicht hören?«

»Es gab eine Zeit, in der es dir genügte, mich anzuschauen; eine Zeit, in der du zu erliegen fürchtetest, wenn ich dies Glück noch durch den Zauber meiner Stimme erhöht hätte.«

»Oh, das war damals!« sagte er scherzend, »nun bin ich aber schon an deinen Schönheitszauber gewöhnt, er ist mein eigen geworden, und du kannst mir die süßen Worte deiner Lippen gönnen, ohne Furcht, daß ich vor Seligkeit dir sterbe, so selig du mich machst. Darin besteht ja die Wonne der Gewohnheit, meine Diogena!«

»Ich bitte dich, Bonaventura! Verschone mein Ohr mit solchen Worten, erniedrige mich nicht durch solche Reden. Als ob das Schöne uns nicht ewig neu, nicht ewig entzückend bliebe; als ob Sonne und Mond und Sterne und die Natur uns nicht ewig die gleiche Sensation einhauchten!«

»Sonne, Mond und Sterne wohl, aber vielleicht grade darum, weil sie uns unerreichbar sind, weil sie trotz unserer Sehnsucht, trotz unsers Verlangens nie zu uns herabsteigen. Täten sie dies und würden sie unser eigen wie ein geliebtes Weib, auch der Besitz der himmlischen Gestirne würde uns zu einer süßen, wenn auch unentbehrlichen Gewohnheit werden«, meinte Bonaventura und wollte mich zärtlich in seine Arme ziehen.

Ich machte mich aber mit einer prächtigen Indignation von ihm los und sagte: »Nun, so will ich wenigstens nicht dazu tun, dir zur süßen Gewohnheit zu werden; ich will dir lieber entbehrlich sein, und ich bin es dir schon, denn wir beide verstehen und verstanden uns nie.«

»Diogena! Um der Liebe willen, welche Anwandlung!« rief Bonaventura, ganz foudroyiert von meinem wundervollen Zorn.

»Nein, nein, Bonaventura!« sagte ich und schüttelte schmerzlich lächelnd mein Haupt, indem ich die rosigen Händchen abwehrend gegen ihn bewegte, »täusche dich nicht, du liebst mich nicht, ich weiß es. Du ermüdest an meiner Seite.« –

»Aber Diogena! Wer kann wie du Strapazen ertragen, die den stärksten Körper vernichten müßten. Du hast heute zwei Stunden am Morgen promeniert mit dem Vicomte, dann bist du in brennender Sonnenhitze nach Karlsruhe gefahren, die Museen in Augenschein zu nehmen, hast das Schloß, die Bibliothek, die indifferentesten Kirchen durchwandert. Heimgekehrt, bist du auf die Iburg zu einem Déjeuner geritten, dann zu Fuß hinabgegangen. Wir haben in dem wüsten Menschengewühle des Hôtel d'Angleterre diniert, haben einen langen Ritt über Lichtental hinaus in die Berge gemacht, zwei Stunden im Salon der Fürstin Orzelska getanzt, und schon, als wir nach Hause fuhren und ich vor Ermüdung zusammenbrach, hat deine üble Laune ihren Anfang genommen. Wohl dir, daß du trotz deiner Irritabilität und Nervosität dergleichen Fatiguen täglich erdulden kannst, ich kann es nicht und will es nicht, und niemand kann das.«

»Der Fürst Callenberg kann es dennoch«, warf ich hin.

»Weil er nur ein Körperleben führt, nicht denkt, nicht fühlt und durch dies wahnsinnig leere Treiben nicht zu Tode gelangweilt wird wie ich.«

»Und was denkst du?« fragte ich.

»Ich denke, daß ich dich davon erlösen, dich einer edlen Weltanschauung entgegenführen muß, weil ich dich liebe, Diogena! Weil ich nicht leben kann ohne dein mildes, sonniges Lächeln; weil ich die Extase deines Kusses nicht entbehren kann! Oh, Diogena! Wende dich nicht von mir. Denke an den ersten Abend unsers Begegnens, denke an –«

»Spare deine Worte, ich glaube dir nicht mehr!« sagte ich kalt. »Du hängst an der Erde, an der Zeit und ihren Interessen – die Liebe aber stammt vom Himmel und ist unendlich. Sie kennt keine Zeit, die Menschheit kümmert sie nicht, und sie hat keinen Zweck als sich selbst. Solch eine Liebe muß ich finden oder untergehen; du hast sie nicht, du kennst sie nicht und kannst sie nicht bieten, darum habe ich nichts mit dir gemein.«

Mein Busen hob sich in konvulsivischem Weinen, meine Augen sprühten in unerhörtem Lustre, ich glich einer zürnenden Gottheit und war irresistible. Mein Mann warf sich vor mir nieder, er küßte meine Füßchen, er versprach, sich von allen vernünftigen Interessen loszusagen, er wollte seine ganze ernste Vergangenheit desavouieren und nur ein Leben der Liebe leben für mich. Seine Worte ließen mich kalt, seine flammenden Küsse machten mich fast schaudern, ich war in Désespoir, mir selbst ein Gegenstand des Horreurs. Meine Kraft drohte zu erliegen, da nahm Bonaventura mich in seine Arme, und leise weinend wie ein müdes Kind, faltete ich trostlos meine Händchen zum Gebete und schlief, von seinen Küssen überdeckt, in seinen Armen ein.

Am Morgen erwachte ich in Zorn gegen mich selbst. Ich hatte keinen Glauben in die Versprechungen meines Mannes, und dennoch sah ich gleich an dem Tage, daß er Ernst mache, sie zu erfüllen. Er besuchte das Lesekabinett nicht mehr, er vermied alle Männer von geistiger Distinktion, mit denen er sonst zu konvergieren pflegte, er wich, wie Fürst Callenberg, nicht von meiner Seite.

Servillier, eitel wie alle Franzosen, hielt dies für ein Zeichen von Jalousie, fühlte sich dadurch geschmeichelt und vermehrte seine Attentionen für mich. Mich brachte dieses Benehmen meines Mannes in eine wunderbare Position. Wollte ich nicht das Ridicule über mich nehmen, von der Laune eines eifersüchtigen Gatten tyrannisiert zu werden, so blieb mir keine Wahl, als zu zeigen, daß ich frei sei, die Huldigung der Männer anzunehmen. Ich schwankte, welchen von meinen Adorateuren ich bevorzugen wolle, denn alle drei waren mir unaussprechlich indifferent. Da entschied ein Moment, ein Zufall meine Wahl.

Bonaventura hatte nach wenig Tagen, da ihm seine sogenannten ernsthaften Operationen fehlten und ich unmöglich in der Laune sein konnte, ihn zu seinem Attachement an meine Person zu encouragieren, angefangen, sich furchtbar zu langweilen. Sooft ich nach ihm hinblickte, saß er mißmutig da, und schon mehrmals hatte ich ihn gähnen sehen, das machte ihn mir vollends insupportable. Ich nahm gar keine Rücksicht auf ihn, und es war mir ein Soulagement, als ich bemerkte, daß ein ganz unbedeutendes, schlichtes Fräulein von Elsleben, eine Cousine des Fürsten, die mit ihrem Vater, einem preußischen Gutsbesitzer, eben angekommen war, ihn zu beschäftigen anfing. Sie war eine ganz gewöhnliche, weibliche Erscheinung, ein unschuldiges Kind, das für mich dadurch ein Ridicule bekam, weil der Vater sie immer »meine Mieze« nannte. Eigentlich hieß sie Aurora, nach ihrer verstorbenen Mutter; aber auch diese war von dem Vater »Mieze« genannt worden, und so führte er aus Pietät den Namen auch in der Tochter fort.

Aurora zu Ehren war ein Déjeuner auf dem alten Schlosse veranstaltet worden. Man ritt teils auf Eseln, teils zu Pferde hinauf. Mein Mann machte den Kavalier Auroras und tat ängstlich um sie besorgt, während ihr Vater ihm unablässig zurief. »Geben Sie acht, bester Graf, daß meine Mieze nicht vom Esel fällt; halte dich fest, Miezchen! Du bist noch nie geritten, so ein Esel ist eine eigensinnige Bestie und keine bequeme Familienkutsche, in der man so sicher sitzt wie in Abrahams Schoß; biege dich weiter nach hinten, Miezchen!« und wie dergleichen Ermahnungen denn weiter hießen.

Mich packte ein solcher Degout vor diesen ganz ignobeln Menschen und vor Bonaventura, den dies höchlich zu belustigen schien, daß ich zu Servillier sagte, der gerade in meiner Nähe war: »Um Gottes willen, Vicomte, lassen Sie uns absteigen und einen Fußpfad einschlagen, denn die Anwesenheit dieser Menschen macht mich nervös.«

Servillier bot mir die Hand, ich ließ mich von meinem Pferde herabheben und wanderte mit ihm durch den Baumschatten den Berg in die Höhe; wie immer folgte der Fürst in gewisser Entfernung. Ganz gegen seine Gewohnheit schwieg Servillier eine Weile, dann sagte er: »Wenn ich Sie so ansehe, meine Gräfin, so frage ich mich immer, welch ein splendides Gestirn über dem Grafen geleuchtet hat, daß ihm eine Diogena zuteil ward; ja, welches Gestirn über diesem Jahrhundert leuchtet, daß Sie uns vergönnt sind.«

»Sie sind grandios in Ihren Exagerationen, Vicomte!« warf ich mit der Gleichgültigkeit hin, mit der man solche banale Phrasen beantwortet und selbst verwendet.

»Meine Gräfin!« rief er aus, »o hören Sie mich an!« – Er führte mich zu einer der Bänke, die sich auf dem Wege fanden, nötigte mich, darauf niederzusitzen, und legte sich mir zu Füßen hin, während er anmutig meine Hände hielt und sie mit spielender Grazie an seine Lippen drückte. Dann erhob er sich etwas und sagte kniend: »Madonna! Du mußt ein Kind des Südens sein! Nur der Süden erzeugt solch glänzend poetische Erscheinungen wie du! Im schönen Griechenland stand die Wiege deiner Ahnen; dort hat der goldene Sonnengott deine goldenen Locken angestrahlt, dorthin, nach dem Süden gehört deine flammende Existenz! – Oh, Madonna! Du hättest im Mittelalter leben müssen bei uns in der schönen Provence, an den Ufern des blauen Meeres, die Königin der Herzen und der *Cours d'amour*! –

Ich hörte ihm schweigend zu und träumte mich zurück in die Tage, von denen er sprach, in ein Zeitalter, in dem die Liebe ein Kultus war und man die Frauen wie Göttinnen anbetete aus scheuer, blöder Ferne. Ich fragte mich, ob das die Liebe sei, die ich gesucht? – Servillier blickte mit seinen großen, brennenden Augen so fest in die meinen, daß es schien, als wolle er in den profundesten Tiefen meiner Seele lesen. Ich empfand nichts für ihn, mein Herz war kalt und still, aber ich erbebte vor seinem faszinierenden Blick, seine Glut dominierte mich. Ich wollte mich erheben, er ließ es nicht zu. Mit festen Armen umschlang er meine Taille: »Diogena! Madonna!« rief er aus, »nicht diesen kalten, herzlosen Blick, der in das Weite vaguiert; auf mich, Diogena, wende deine Augen! Sieh mich zu deinen Füßen, fühle meine Arme, die dich enlacieren, die dich halten, um dich deinem kalten, berechnenden Gatten zu entreißen, dich dem Norden zu entführen, wo Schnee und Eis sich um dich lagern! – Diogena! Mein Engel! Folge mir in meine schöne Provence, denn du mußt folgen, du mußt mein sein; denn ich lasse dich nicht, auf mein Wort, ich lasse dich nicht! Aber Diogena, du hast kein Herz!«

Er hatte mich an sich gepreßt, mir schwindelte, meine Sinne drohten mich zu verlassen. Ich lehnte meinen Kopf an seine Brust, ich wußte nicht, ob ich träume oder wache, glücklich oder miserabel sei. Ich empfand eigentlich gar nichts, und willenlos duldete ich die stürmischen Küsse und Schwüre des Vicomte.

Als ich mich erholte, fiel mein erster Blick auf den Fürsten Callenberg, der in einiger Entfernung stehen geblieben war. Mit der ihm eigenen Impassibilität und Diskretion hielt er meinen Shawl und meinen grünen Fächer und tat, als ob er sich mit diesem spielend gegen die Sonne schütze, nur um mir durch seine unvermeidliche Gegenwart nicht *à charge* zu sein.

In der Ferne erblickte ich meinen Mann und Aurora. So wenig liebte er mich, daß er mich ruhig den leidenschaftlichen Bewerbungen des Vicomte überließ, die ihm nicht entgangen sein konnten. Das ganze Gewicht des schmerzlichen Irrtums, der mich mit ihm verbunden hatte, die trostlose Leere meines Herzens an seiner Seite, das passionierte Verlangen nach Liebe und Liebesglück standen in frappierender Deutlichkeit vor meinem inneren Auge. Alles, was Bonaventura mir zu bieten hatte, kannte ich nun *à fond*, hatte ich ungenügend gefunden: Ich wußte, daß solche ekstatische Momente, wie er sie in den Stunden unsers ersten Begegnens gehabt, eben nur Momente gewesen waren, die seinen modernen Ideen von der Pflicht gegen die Zeit und die Menschheit immer weichen mußten. Ich mußte mir gestehen, daß er in den Augen der Welt ein sehr achtbarer Charakter, das Muster eines jungen Edelmannes sei, aber er war nicht das Ideal eines Mannes, wie ich es mir geträumt hatte, wie ich es zu finden berechtigt war. Ich fühlte, es würde mir nicht die Ruhe lassen, bis ich den Rechten gefunden hätte, und in diesem Augenblicke ward mir, wie durch mysteriöse Revelation, der Sinn meines Wappens klar und zum Lebensgesetze.

Servillier hielt, wie vernichtet durch mein Schweigen, noch immer meine Hände in den seinen; eine tiefe Glut lag über seinem ganzen Wesen ausgebreitet. Eine dämonische Stimme in mir rief. »Versuche, vielleicht ist er es.« – Ich blickte ihn fest an, ich wollte es mit meinem Auge in dem seinen lesen; meine faszinierende Kraft magnetisierte ihn. »Diogena!« rief er mit einer solchen Gewalt und Intensität der Liebe, daß der Ton tief in meinem Innern wiederklang; eine Ahnung möglichen Erfolges durchzuckte mich, und überwältigt von einer namenlosen Sehnsucht nach Glück, lehnte ich mein Haupt an ihn und sagte ganz bewildert: »Oh, wenn du lieben kannst, lehre mich lieben!«

»Und du hast nie geliebt?« fragte er, beseligt von dem Gedanken, der erste Mann zu sein, der all die seligen Emotionen in mir hervorzurufen erwählt war, welche wir Liebe nennen. »Du hast nie geliebt? Oh! Aber das ist ja zuviel Wonne, zuviel! Madonna!«

»Nein, Anatole!« sagte ich, »nicht zu viel für das Gut, das ich von dir erwarte; nicht zu viel, wenn du ein Mann bist, wie ich ein Weib; wenn du die Kraft besitzt, das Perpetuum mobile meines Herzens zu sein, es unablässig in der immergleichen Vibration ekstatischen Vollgefühls zu erhalten.«

»Und was muß ich dazu tun? Madonna!«

»Wie kann ich's wissen, da ich's noch nicht fand?«

»Oh!« rief er, »nun sollst du's kennenlernen! Komm, komm, mein Engel! Laß uns hinauf zu den hellsten Höhen des Berges! Laß uns hinauf ins Freie, und wenn die Erde in ihrer zauberischen Schönheit sich vor dir ausbreitet, wenn die Sonne alles goldig beleuchtet, dann denke, daß ich der Beherrscher der Welt sein möchte, um dir sie zu Füßen zu legen, und daß ich wollte, meine Liebe wäre wie die Sonne, um dein ganzes Wesen zu beleben und zu durchleuchten wie jene die Welt.«

Mit einem Jubelrufe hob er mich in den Sattel, und wir sprengten mit solcher Eile den Berg hinan, daß wir, trotz des Aufenthaltes, oben in den Ruinen vor allen andern angelangt waren. Zum ersten Male fehlte der Fürst an meiner Seite. Er war in einen wunderlichen Konflikt mit sich selbst geraten. Als wir seinen Blicken entschwunden waren, fuhr er sich mit der Hand über die Stirne, wie jemand, der einen wüsten Traum geträumt hat.

»Diable!« sagte er zu sich selbst, »wie ist mir denn? Mir ist so warm, als hätte ich eine Wette gehalten beim Pferderennen und hätte die Partie verloren. Aber was kümmert mich denn die Comtesse mit ihrer Miene *à la Sainte N'y touche*; mag sie doch lieben wen sie will, das ist des Grafen Sache. Was kümmert's mich! Ich liebe sie nicht, aber dieser Servillier ist mir odios! Wo er nur mit ihr sein mag?«

Verdrießlich schlug er mit der Reitpeitsche gegen die zunächst stehenden Bäume und trabte meditierend und übler Laune den Berg in die Höhe.

Wie im Rausche vergingen mir die nächsten Tage und Wochen. Anatole war wie ein angezündetes Feuerrad, in rastlos brennender Bewegung. Er liebte mich wirklich; er begriff die tödliche Leere meines armen unersättlichen Herzens, er begriff die Apathie, in die ich versank, wenn ich nicht ewig in immer neuen Emotionen erhalten wurde. Er war erfinderisch, wie nur die wahre Leidenschaft es macht. Unablässig hörte ich von ihm sprechen, und immer in der Weise, welche für uns Frauen so viel Charmes hat. Bald sprach man davon, daß er Unsummen an der Bank pointiert und verloren oder gewonnen habe, bald hatte er, der magnifiqueste Reiter, ein Rassepferd akquiriert, das der Großherzog zu kaufen refusiert hatte, wegen des enormen Preises. Da ich erklärt hatte, daß die impassible Galanterie des Fürsten mir unerträglich sei, und daß mich nur eine Huldigung entzücken könne, die mich wie die Liebe meines Schutzgeistes unsichtbar umschwebe, wußte Anatole tausend Mittel ausfindig zu machen, um in meiner Nähe zu sein und unbemerkt für mich zu sorgen.

Machte man eine Partie auf Eseln, so trat oft der Führer desselben, den ich als einen bezahlten Menschen nicht beachtet hatte, leise an mich heran, als ob an dem Sattelzeuge etwas verdorben sei, und aus dem gewaltigen blonden Barte, der ihn für jedermann unkenntlich machte, fragten mich Anatoles blühende Lippen: »Madonna, schlägt dein Herz?« – Aber Anatoles Anbetung fing an, die allgemeine Aufmerksamkeit zu erregen, nur mein Mann schien sie nicht zu bemerken. Fräulein Aurora dominierte als Sonne an seinem Horizonte und blendete ihn so, daß er für mich kein Auge mehr hatte. Mein Stolz war auf das Empfindlichste verletzt. Eines Tages fand mich Anatole in Tränen.

Der Glanz meiner Farben war wie erblichen, mein Antlitz sah wie ein klarer weißer indischer Mousselin aus, den man mit dem zartesten rosenroten Taffet gefüttert hätte; wie leichte blauseidene Plattschnürchen liefen die Adern darunter hin.

»Du weinst, Madonna?« fragte er. »Bist du nicht glücklich durch meine Liebe?«

»Ich liebe dich nicht, Anatole!« sagte ich. »Ich kann dich nicht täuschen. Du bist brillant, du bist sublim als Kavalier, und du liebst mich; aber fühle es, mein Herz klopft ruhig und still. Meine Nerven versinken in ihre frühere Apathie, und in diesem Momente ist es allein der Dépit über meines Mannes Vernachlässigung, der meinem Dasein noch einen Impuls, einen Anschein von Leben gibt. Ach, ich fühle es, ich werde sterben, denn mir fehlt die bewegende Kraft für meine Existenz. Ich schlafe ein vor Unmöglichkeit zu leben.«

»Aber Madonna!« rief Anatole in Verzweiflung, »du empfindest nichts, nichts? Und ich verzehre mich in Gluten, die deine Schönheit anfacht, deine Blicke nähren! Du erwiderst den Druck meiner Hand, du duldest meine flammenden Küsse – und du liebst mich nicht! Du sagst, du empfändest nichts? Aber was soll ich denn tun, damit du lebst, statt zu sterben?«

»Lehre mich lieben! Lehre mich fürchten und hoffen, aufjauchzen und verzweifeln, laß mich die ganze Skala der Sensationen durchlaufen in dem Gedanken an dich und mache, daß dies nie, niemals ende, und wie eine Sklavin ihrem Herren will ich dein eigen sein.«

Anatole kreuzte die Arme über der Brust, sah mich mit einem langen dezidierten Blicke an, sagte mit gepreßter Stimme. »Leb wohl, Diogena!« und sprang vom Balkon, auf dem ich saß, hinunter in den Garten.

Ein furchtbares Zittern durchflog meine Nerven. Ich schickte, als ich mich erholt hatte, meinen Diener in die Wohnung des Vicomte, mich nach seinem Befinden zu erkundigen; man brachte mir die Antwort, er sei heimgekehrt, dann ausgegangen, und seine Domestiken packten seine Sachen, da er in einer Stunde abreisen werde.

Ich blieb ruhig und kalt wie immer. Er war mir eine Zerstreuung gewesen, nichts mehr, nichts weniger. Dennoch fehlte er mir am Morgen, und die Frage meines Mannes, wo mein *Cavaliere servente* geblieben sei, die Auskunft, welche die Gesellschaft von mir über sein Verschwinden verlangte, hatten in der Tat etwas Embarrassierendes.

Ich hielt mit aller Sicherheit einer Weltfrau Contenance, und Fürst Callenberg und Lord Ermanby benutzten den Zeitpunkt, ihre nicht beachteten Prätensionen geltend zu machen. Ich war nicht in der Stimmung, sie zu encouragieren, dennoch nötigte mich meine wunderbare Position dazu. Von meinem Manne gänzlich negligiert, von Servillier urplötzlich verlassen, mußte ich die sehr auffallende Lücke durch eine neue Wahl füllen und Servilliers Abreise dadurch motivieren.

Des Fürsten war ich gewiß. Er war eine jener seltenen Naturen, die niemals ihren Posten verlassen; ich war so gewiß, ihn zu finden, wie den Reflex meiner Person in dem ungetrübten Glase eines Spiegels, und zudem lag in dem wunderlichen Wesen des Lords ein *je ne sais quoi*, das mich agacierte.

Er selbst war dermaßen ennuyiert und blasiert, daß es fast das *non plus ultra* dieses Genres war; aber ich habe nie einen Mann besser gekleidet gesehen als ihn, nie einen Mann gekannt, der so vollkommen Gentleman war als er. Er hatte nie versucht, sich an die Stelle meines Mannes zu drängen, solange er mich in gutem Einverständnis mit diesem wähnte, nie daran gedacht, die Rechte streitig zu machen, welche ich Servillier später zugestand. Dazu war er zu delikat, aber dennoch glaubte ich, daß er sie beneide, daß er mich liebe und daß ein Blick, ein Wort von mir ihn glücklich und elend machen könne.

Als Servillier abgereist war und ich am nächsten Morgen auf der Promenade des Lords Arm annahm, war er ganz bewildert von diesem Glücke und nahm es als ein Signal, mir von nun an ausschließlich seine Zeit zu weihen. Anfangs quälte mich sein Phlegma unbeschreiblich, seine grenzenlose Schweigsamkeit impatientierte mich, bald aber fand ich darin einen Reiz, den ich nie in der Impetuosität des Vicomte empfunden hatte. Was kann ein Mann uns sein, der uns unablässig die Gefühle seines Herzens enthüllt, der nichts Verborgenes in seiner Seele hat, den wir auswendig wissen?

Mit dem Lord war das ein anderes. Er sprach halbe Tage lang gar nicht, und da ich dennoch fest von seiner Liebe überzeugt war, so lag ein eigentümlicher Zauber für mich darin, in seinem stillen, kalten Antlitz nach den Gedanken, nach den Gefühlen zu spähen, von denen er bewegt war. Oft saß er mir dann Stunden hindurch gegenüber, und der schaukelnde Stuhl und ein leises Gähnen verrieten mir, daß er lebe. Ich respektierte dies Gähnen; es war nicht, wie bei meinem Manne, das Gähnen nach der Arbeit und Ermüdung des Tages, das Gähnen der Teilnahmslosigkeit, das mich so unsäglich in ihm beleidigt hatte; es war jenes erhabene Gähnen der

Blasiertheit, der Leere, der tödlichsten Langeweile, das mir sympathisch war, das ich vollkommen begriff. Oh, und es ist auch ein Unterschied zwischen dem Gähnen des Liebhabers und dem Gähnen des Ehemannes! Das eine reizt unsere Eitelkeit, das andere vernichtet sie; das eine belebt uns, das andere ist der Tod.

Lord Ermanby's Blasiertheit interessierte mich, denn sie war der Reflex meiner eigenen Leiden. Ich hatte Erbarmen mit ihm, ich beschloß, alles daran zu setzen, diesen Unglücklichen zu galvanisieren durch die Macht meiner Gefühle, ich wollte ihn glücklich machen und darin vielleicht selbst eine Befriedigung finden.

Man sprach in jenen Tagen unablässig von Servilliers Verabschiedung und von meiner neuen Liaison mit dem Lord. Mein Mann mochte es für angemessen halten, mich darüber zur Rede zu setzen, und trat eines Abends mit aller Majestät eines beleidigten Gatten in mein Zimmer, als Rosalinde grade einem neu engagierten Kellner die Arrangements für meinen Teetisch zu machen zeigte.

Der Graf hieß die Dienerschaft sich zu entfernen, der Kellner zögerte, und es frappierte mich, daß er mit einer Art von Angst abwechselnd den Grafen und mich betrachtete; indessen währte das nur einen Moment, da Rosalinde ihn mit sich hinauswinkte. Kaum waren wir allein, als der Graf sich förmlich in Position setzte, um mir in aller Form zu imponieren.

»Diogena!« sagte er, »wir sind kaum zwei Monate verheiratet, und schon ist jedes Band der Liebe zwischen uns zerrissen. Wie soll das werden für die Zukunft?«

»Handle nach deinem Belieben, wie du es ja auch jetzt tust! Oder hindere ich dich etwa, dem blonden Fräulein zu folgen von früh bis spät?« sagte ich stolz.

»Du bist prächtig in diesem Stolze, Diogena!« fuhr Bonaventura auf »Du! Du wagst es, mir Vorwürfe zu machen? Und war es nicht deine kapriziöse Kälte, war es nicht deine ganz wahnsinnige Exigence, die mich von dir trieben und meine Neigung für dich erkalten machten? Zwei Monate sind wir verheiratet, und schon ist der Vicomte verabschiedet und der Lord an seine Stelle getreten, des immobilen Fürsten nicht zu gedenken!-

»Und wer will es mir verargen, wenn ich in der Immobilität des Fürsten mehr Reiz finde als in deiner Beweglichkeit, die sich durch den geringsten Schatten am Himmel meiner Liebe verscheuchen läßt?« fragte ich spöttisch, denn es indignierte mich, daß Bonaventura, der mir kein Glück gewährt hatte, es wagte, mir Vorwürfe zu machen, weil ich es anderwärts suchte.

»So wirst du es begreiflich finden, daß ich wenn schon nicht Glück, so doch Zerstreuung suche und Herrn von Elsleben und Aurora auf einem Ausflug in den Elsaß begleite, bei dem ich deine Anwesenheit nicht fordere. Auch bist du ja unter dem unwandelbaren Schutze des unwandelbaren Fürsten und also besser geborgen als durch die Liebe eines wankelmütigen Mannes wie ich! – Ich reise morgen früh!«

Mit den Worten verließ er mich, und ich trat auf den Balkon hinaus, der in den Garten ging, da sah ich den Lord lang ausgestreckt auf einer Bank unter meinem Fenster liegen, das Lorgnon in das rechte Auge geklemmt, die Zigarre im Munde, sehnsüchtig nach meinem erleuchteten Fenster emporblicken. Er stand auf, grüßte mich und ging von dannen. Der Gruß tat mir wohl, denn in jener Stunde bedurfte ich eines Liebeszeichens, weil ich traurig war.

In der Morgendämmerung hörte ich den Wagen des Grafen über den Hof rollen und seine Stimme verschiedene Befehle geben. Nun war ich allein, ich fühlte mich frei wie in den Tagen vor meiner Verheiratung und beschloß eine Morgenpromenade zu machen. Ich schellte nach Rosalinde, der neue Kellner kam mir zu melden, sie sei in der Nacht erkrankt und der Arzt geholt, der ihr befohlen habe, im Bett zu bleiben. Das desappointierte mich, indessen machte ich selbst meine Toilette und ging aus mit dem Befehle, den Lord zum Frühstück zu mir einzuladen.

Ich war noch nicht tausend Schritt von unserm Hotel entfernt, als der Fürst erschien, mir seinen Arm und seine Dienste anzubieten. So anerkennenswert diese ewig wache, unermüdliche Fürsorge auch sein mochte, so war es mir in dieser Stunde fatal, daß ich keinen Moment ohne ihn sein konnte, sobald ich mein Zimmer verließ, und in ziemlich übler Laune sagte ich: »Aber um Gottes willen, lieber Fürst! Sind Sie denn wirklich mein Schatten? Kann ich denn nie sicher vor Ihrer Begleitung sein? Nie einen Augenblick allein der Natur genießen?«

»Oh, meine Gräfin!« sagte er, »tun Sie, als existierte ich nicht. Sie sind allein, wenn Sie es sein wollen, und ich bin da, wenn Sie es begehren.«

»Aber werden Sie es denn nicht müde, mir ohne Lohn, ohne Hoffnung zu folgen, nichts zu tun, nichts zu denken als –«

»Oh, meine Gräfin! Ich tat und dachte niemals etwas, auch ehe ich Sie sah, und jetzt denke ich an Sie.«

»Und das befriedigt Sie?«

»Vollkommen!«

»Und Sie fragen sich nie, ob –«

»Ich frage mich nichts. Ich sehe Sie an, Sie sind schön, und ich folge Ihnen, um Sie anzusehen. Der Graf, der Vicomte berauben sich freiwillig dieses Glückes, so genieße ich es dreifach. Und nun gehen Sie allein spazieren, ich folge Ihnen in einiger Entfernung, aber nur so fern, daß mein Blick Sie erreichen kann, denn Sie sind schön, meine Gräfin!«

»Unbegreiflich!« sagte ich zu mir selbst. »Ich gehe aus, die Liebe zu suchen, und finde die Treue – aber das ist bleiches Silber für strahlendes Gold!« Ich versank in schwermütige Träumereien und wanderte fort, weit über Lichtental hinaus, dem kleinen Wasserfalle zu, und wieder zurück nach Baden, ohne daß der Fürst sich mir genähert oder ein Wort mit mir gesprochen hätte. Als ich die Treppe vor meinem Hotel erreicht hatte, sah ich, wie er, eine starke, schwerfällige Gestalt, sich mit dem Batisttuche die Stirn trocknete und erschöpft auf einer Bank Platz nahm, von der aus er meine Fenster und die Türe des Hotels beobachten konnte.

Ich erkannte mein Zimmer nicht wieder, als ich es betrat. Es war auf das Eleganteste mit Blumen dekoriert, und ein superbes Album mit meinem Namen lag auf meinem Schreibtische. Ich schellte dem Kellner und fragte, wer die Sachen hierhergebracht hätte. Er behauptete, sie wären ihm von einem Gärtner gebracht worden, mit dem Bemerken, ich hätte sie gekauft.

Gleich darauf kam der Lord. Da er nicht frappiert schien durch die Blumenflora, die am Tage vorher nicht vorhanden gewesen war, drängte sich mir natürlich der Gedanke auf, daß es eine Galanterie von ihm sei, und ich beeilte mich, ihm dafür zu danken.

Er hatte sich in eine Couchette geworfen und sah mich mit seinem gewohnten kalten Blicke an. »Wovon sprechen Sie, teure Gräfin!« fragte er, »ich verstehe Sie nicht.«

»Von der liebenswürdigen Attention, welche Sie für mich an diesem Morgen gehabt haben, von den Blumen, welche ich Ihrer Güte verdanke, und von dem superben Album.«

»Haben Sie Blumen erhalten?«

»Aber mein Gott, Mylord, sehen Sie denn nicht, daß mein Zimmer in ein kleines Indien verwandelt ist?«

»Ich habe mich nicht umgesehen und bin Indien sehr gewohnt!« antwortete er ruhig, während er sein Toast mit Butter bestrich, da man indessen das Déjeuner serviert hatte.

»So waren Sie es nicht, dem ich die angenehme Überraschung verdanke?«

»Unmöglich, teure Gräfin! Ich habe bis jetzt geschlafen.«

»Bis jetzt? In diesem wundervollen Wetter?«

»Wundervolles Wetter ist mir sehr indifferent, nur schlechtes Wetter ist mir horrid. Zudem sind die Tage so lang!«

»Aber die Welt ist auch groß und schön!« sagte ich.

»Oh, teure Gräfin! Ich kenne die Welt schon, ich habe sie schon zweimal umschifft, habe alles gesehen, nun kann ich doch nicht immer von neuem anfangen. Das ist langweilig für mich, und darum verschlafe ich gern einen Teil des Tages! Das ist bequem!«

»Und Sie sehnen sich nach keiner andern Existenz?« fragte ich ihn, förmlich erschüttert durch seine Ruhe.

»Wie kann ich mich nach etwas sehnen, das ich für unmöglich halte? Aber lassen Sie den Tee nicht zu lange brühen, teure Gräfin! Das macht ihn ungenießbar.«

»Ah!« rief ich, erfreut davon, daß dieser Mann doch wenigstens in dieser Kleinigkeit die Spur eines Wollens oder Nichtwollens verriet, »so ist Ihnen doch nicht alles gleichgültig, Mylord!«

»Alles bis auf den Komfort!« sagte er, behaglich den Tee schlürfend, den ich ihm präsentiert hatte.

Es entstand eine lange Pause, er trank mit großem Genusse, und ich betrachtete ihn mit Staunen. Ich fand die Resignation adorable, mit der er ein so trostloses Dasein wie das seine ertrug. Ich fing an, ihn zu achten, ihn zu beklagen; plötzlich fiel mir ein Gedanke sternenhell in die Seele, und schnell sagte ich: »Beantworten Sie mir eine Frage. Wenn Ihnen alles indifferent ist, wenn nichts Sie fesselt, welches Interesse haben Sie, mir zu folgen?«

»Die Neugier, teuerste Gräfin!«

»Die Neugier?« wiederholte ich.

»Ja! Die Neugier zu wissen, wie Sie ein gleiches Schicksal wie meines, dem Sie entgegengehen, ertragen werden. Es ist langweilig, blasiert zu sein und doch zu leben, es erfordert Kraft, Heroismus, und ich möchte wissen, ob Sie die haben.«

»Und was werden Sie tun, Mylord?« fragte ich.

»Leben!« antwortete er und tranchierte ein Kotelett.

Mir schauderte, und der Lord imponierte mir. Ich gestand ihm das freimütig.

»Das wundert mich nicht«, entgegnete er, »das ist mir schon oft begegnet, aber es freut mich von Ihnen, dabei empfinden Sie doch etwas, und das gönne ich Ihnen.«

»Und Sie empfinden nichts? Gar nichts, Mylord? Sie haben keinen Wunsch?«

»O doch! Ich möchte mit Ihnen zusammen sterben. Ich dachte es mir gestern, als ich Sie abends so schön dastehen sah, in der Lampenbeleuchtung, welche aus Ihrem Fenster auf den Balkon fiel. Sie sind die schönste Frau, die ich seit langem erblickte. Ich möchte wissen, wie dieses schöne Antlitz in der Agonie des Todes aussieht; ich möchte wissen, was ich empfände, hätte ich das schönste Weib umgebracht, um deren Besitz andere Männer alle Torheiten der

Welt begehen würden – und wüßte ich das, dann, glaube ich, möchte ich selbst sterben wollen, weil ich dann nichts mehr finden möchte, was meine Neugier reizte.«

»Oh! Du bist entsetzlich, Mann!« rief ich zitternd vor nie gefühlter Emotion, »aber du bist ein Mann! Warum fanden wir uns nicht früher? Warum lernte ich dich nicht kennen, als dein Männerherz noch nicht alle seine Pulsschläge des Wollens, des Wünschens und Begehrens verlernt hatte, als noch die Liebe dir das Leben zur Lust machen konnte? Oh, das Fatum ist unerbittlich in diesem entsetzlichen Zuspät! Eine Gigantenseele existierte hienieden, und ich fand sie zu spät! Aber warum kamst du nicht früher, warum fanden wir uns nicht?«

Der Lord sah mich mit starrem, festem Blicke an, setzte die Teetasse nieder und sagte nach einer Pause innerlicher Meditation: »Man hat mir in Kairo von Saaten erzählt, die Jahrtausende hindurch in den Pyramiden gelegen hatten und zu blühen anfingen in Frühlingsfrische, als sie dem Lichte der Sonne wieder exponiert wurden. Bist du die Sonne, Diogena, daß du in meinem Herzen ein neues Blühen hervorrufst? Es wäre remarquabel wie jenes!«

Indolent wie immer, blieb er in seiner Couchette liegen, die er bis zu meinem Sofa heranrollte, dann ergriff er mein Händchen und zog mich empor, so daß ich vor ihm stand.

»Ich glaube, wir lieben uns!« sagte ich, ohne recht zu wissen, was ich sprach.

»So scheint es mir«, entgegnete der Lord, indem er meine Hände und Arme mit seinen Küssen bedeckte.

In diesem Momente erscholl im Nebenzimmer ein heftiges Geklapper, ich fuhr erschrocken empor, und der Lord sagte mißmutig: »Aber, teure Gräfin, wie unkomfortabel ist ihr Arrangement, daß man durch Geräusch beleidigt wird in Stunden, in denen die Seele der Ruhe bedarf! Ändern Sie das für die Zukunft.«

Es war der neue Kellner gewesen, der eine Tablette mit verschiedenen Gerätschaften zur Erde geworfen hatte. Als ich ihm Vorwürfe deshalb machte, trat er dicht an mich heran und sagte so leise, daß es nur für mich vernehmbar war: »Madonna! Noch ein Wort mehr, und Ermanby und ich sind beide verloren!«

Ich bebte zusammen! Es war der Vicomte, der in dieser mysteriösen Verkleidung sich wieder in meine Nähe introduziert hatte.

Ich war wie vernichtet, ich wußte mir nicht zu helfen, keinen Ausweg zu finden. Eine innere Stimme sagte mir, opfre den Mann, den du nicht liebst, für den, den du liebst! Aber das war eben die Verzweiflung, ich liebte sie beide nicht, ich sah es mit erschreckender Deutlichkeit in diesem Momente. Und doch rührte mich die Devotion des Vicomte, doch interessierte mich Ermanby's Apathie, doch lag ein belebendes Element in der Gefahr meiner Position, das mich anregte wie der Schall der Kriegsdrommete den jungen Krieger, der sich tatendurstig nach Schlachten und Kämpfen sehnt.

»Liebe ist Gehorsam! Liebe ist Glaube!« sagte ich leise zu Servillier. »Verlassen Sie mich, Anatole, wenn ich an Ihre Liebe glauben soll.«

Er tat, wie ich es verlangte. Ich atmete auf, soulagiert von der Angst dieses Momentes und entzückt über die schöne Hingebung des Vicomte. Der Lord hatte nicht einmal den Kopf gewendet, er sah ruhig auf seine Fußspitzen nieder, plötzlich fragte er mich:

»Wann wollen wir reisen, Diogena?«

»Reisen?« wiederholte ich verwundert, »und wohin?«

»Gleichviel!«

»Aber wozu denn?«

»Um miteinander zu sein, solange es uns Freude macht, solange wir uns lieben.«

»Und dann? Und wenn wir uns nicht mehr lieben?«

»Dann trennen wir uns oder versuchen, ob es uns tentiert, zusammen zu sterben!« sagte er mit einem Gleichmut, vor dem ich schauderte. Wie konnte ein so junger Mann bereits alle Quellen des Lebens erschöpft haben! Bot denn das Leben so wenig, oder war er einer der Titanen, die den schäumenden Becher schnell bis auf seine Hefe leeren, um ihn dann mit Degout von sich zu schleudern? Was für trostlose Erfahrungen, was für Deceptionen mußte er erlitten haben, um nicht mehr an Liebe, an Freude zu glauben, um nur im Tode einen neuen Reiz für seinen Geist zu finden! Ich dachte an mein eigenes unverstandenes Dasein, ich fragte mich, wie, wenn wir beide berufen wären, die trostlose Leere zu füllen, die wir fühlen? Er fesselte doch wenigstens mein Interesse, er gab meinen Gedanken eine Richtung, er machte mir Furcht.

Ich setzte mich an seine Seite und sagte, indem ich zu lächeln versuchte: »Sie erwarten schwerlich, daß ich Ihren Reiseplänen beistimme, Mylord! Ich bin Graf Bonaventuras Frau –«

»Das eben reizt mich«, meinte Ermanby. »Ich möchte wissen, wie er sich dabei betragen würde, wenn sein Freund ihm seine Frau entführte; die Deutschen sind so *troublesome* in diesen Angelegenheiten.«

»Und wenn ich nun dennoch fest erklärte, nicht reisen zu wollen?«

»So würde ich nicht weiter darauf bestehen.«

»Und Sie behaupten, daß Sie mich lieben?«

»Ja, Diogena! Ich liebe dich! – Oh!« rief er plötzlich, und ein Feuer, wie ich es nie in ihm gesehen hatte, flammte über sein ganzes Wesen empor, »o Diogena! Laß den Funken unter der Asche schlummern, die sich über mein Herz gelegt hat.«

Er stand auf, seine Bewegungen waren ganz Nerv und voller Energie. Er ging heftig im Zimmer auf und ab. Plötzlich blieb er vor mir stehen und sagte: »Es war eine Zeit, in der ich an das Leben glaubte, in der ich die Liebe erstrebte und die Treue erwartete, weil ich selbst treu war. Damals hatte ich eine Braut, so rein, so hold wie das erste Weib, das hervorging aus den Händen des Schöpfers. Sie war mir verlobt und entfloh mit meinem Bruder, den ich geliebt hatte mit allen Fibern meines Herzens. Ich gab den beiden ein *Rendezvous* auf der Insel Chios, mein Bruder – doch wozu dies?« rief er und ging wieder mit großen Schritten auf und nieder. Eine dunkle Wolke hatte sich über seine Stirne gelagert, es war etwas Dämonisches in ihm, ich konnte meine Blicke nicht von ihm wenden.

Bebend vor angstvoller Erwartung fragte ich leise: »Und wo ist Ihr Bruder?«

»Er starb auf Chios«, antwortete er kalt und tonlos.

»Und das Mädchen?«

»Überlebte ihn nicht lange!«

Eine dumpfe Pause trat ein, während welcher der Lord seine heftige Wanderung in meinem Zimmer fortsetzte. Ich wagte nicht zu sprechen, ich war dominiert von der mirakulösen Empfindung, welche die Vögel zwingt, der Anakonda in den Rachen zu fliegen, die ihnen todbringend ist. Nach einer Weile setzte sich der Lord so ruhig neben mich nieder, als wäre nie eine Emotion durch seine Seele gegangen. Er nahm meine Hand und sagte mit seiner gewohnten, glazialen Kälte: »Diogena! Höre mich recht an; es ist Ernst, was ich dir sage. Du bist so schön, daß deine Schönheit wie die Sonne alle Nebel, alle Gewitterwolken zerstreut, die sich über mein Leben gelagert haben. Mir ist, als liebte ich dich, als wäre mir deine Liebe wirklich noch ein Besitz, welcher der Mühe, ihn zu empfinden, wert wäre. So will ich dich denn besitzen. – Verstehst du mich nicht, Diogena? Willst du mein sein im Leben? Oder wollen wir sterben zusammen, noch heute, noch in dieser Stunde?«

Mir war, als öffne sich eine neue Welt meinen Augen. Aber dies war ja ein Mann, wie ich ihn gesucht hatte; ein Mann, der nichts verlangte vom Leben als Liebe. Ich fragte mein Herz, was es für ihn empfände. Es schwieg wie immer. Meine Phantasie war okkupiert durch ihn; ich fühlte, daß ich die Seine werden könne, mit jener horribeln Indifferenz, mit der ich des Grafen Frau geworden war; aber das war es nicht, was er verlangte, nicht, was ich erstrebte. Ich war außer mir über die Kälte meines Herzens, ich wollte ja lieben, dies war eine Natur, weit über die Grenzen des Gewöhnlichen erhaben, warum konnte ich ihn nicht lieben? Warum fühlte ich keinen Impuls, für ihn zu leben, ihm den Glauben an Glück wiederzugeben, ohne Egard, ob ich selbst es fände oder nicht? Ich war innerlich deprimiert, ich verzweifelte an mir selbst, am Leben. Ich fühlte, es würde niemals anders werden und mir immer lästiger; und doch hatte ich die Apprehension vor dem Tode, die allem Leben so tief innewohnt. Ich war mir incompréhensible. Aber die innere Wahrheit meiner Natur trug den Sieg auch diesmal glorios davon. Ich gestand dem Lord, daß er mir Staunen, aber keine Liebe abgewinne.

Er sah mich mit einem furchtbaren Blicke an. »Und wozu das elende Spiel in dieser Stunde, Diogena?« fragte er. »Wozu das Verbrechen, noch einmal Leben zu erwecken in einem Herzen, das aufgehört hat zu vibrieren?« fragte er.

»Oh!« rief ich, »vergib, vergib! Ich wollte ja versuchen, ob ich dich lieben könne.«

»Und du glaubst, ein Mann sei der Spielball deines törichten Willens? Du glaubst, ein Mann sei da, deine müßigen eiteln Kaprizen zu befriedigen, weil du schön bist? Denn schön bist du.«

Ich schwieg. Er hielt mich am Handgelenk fest, das er mit einer Vehemenz preßte, welche mir Tränen in die Augen trieb.

»Liebst du mich?« fragte er.

Mein Stolz war auf das Empfindlichste verwundet: Ermanby imponierte mir, aber er sollte es nicht wissen, weil ich ihn nicht liebte, und mit vollkommner Ruhe sagte ich, während ich zu lächeln versuchte, ein deutliches »Nein!«

Da schleuderte der Lord meine Hand von sich und sagte mit einem eisigen Hohne: »So soll doch der Moment, in dem ich das lästige Leben von mir werfe, wenigstens dazu dienen, das kälteste, hochmütigste Weib zittern zu lehren, so soll doch das herzloseste Weib mich niemals vergessen.«

»Um Gottes willen, Ermanby! Was willst du tun?« rief ich schaudernd. »Mann, um der Liebe willen, die ich suche, suche, ohne sie zu finden, was ersinnst du?«

Ich hatte noch nicht die letzten Worte vollendet, als ein kleines Terzerol in des Lords Hand aufblitzte, ein Knall – und Ermanby sank lautlos in die Couchette zurück. Mit einem Schrei des furchtbarsten Entsetzens brach ich zusammen.

Als ich erwachte, lag ich auf meinem Lager. Rosalinde saß an meiner Seite, durch die geöffnete Türe entdeckte ich den Fürsten Callenberg, aufgestützt an einem mit Arzneigläsern besetzten Tische. Es war Nacht, eine Lampe erhellte das Zimmer, der Fürst schien zu schlummern. Ich hatte keine distinktiven Vorstellungen, nur die Ahnung eines terriblen Evénements schwebte mir vage vor der Seele. Ich mochte meinen Erinnerungen nicht durch meine Kammerfrau zu Hilfe kommen lassen, ich befahl ihr, den Fürsten zu rufen.

»Wo ist Ermanby?« fragte ich ihn, als er an meinem Lager stand.

»Beerdigt gestern morgen.«

Eine eisige Hand legte sich über meine Stirn, und mir war, als wolle mein Bewußtsein aufs Neue schwinden, aber ich raffte die ganze Energie meines Wollens zusammen und fragte, wie man von einem Gestern sprechen könne, da Ermanby ja noch am Morgen bei mir dejeuniert hätte.

»Pardon, meine Gräfin!« sagte der Fürst, »Sie haben mehr als zwei Tage in tiefem Todesschlummer gelegen. Sonst würden Sie ja die Vorgänge von gestern und heute wissen!«

»Die Vorgänge? Und was ist denn vorgegangen?«

»Sie meinen nach der Ankunft Ihres Mannes?«

»Ist der Graf von seiner Exkursion retourniert?«

»Mein Gott! Auch das wissen Sie nicht einmal?« fragte der Fürst. »Sie wissen nicht, daß, als Sie aufschrien im Moment von Ermanby's Tode, Servillier hineinstürzte und Sie in seinen Armen hielt, in dem Moment, in dem Ihr Mann heimkehrte? Er hatte Servillier gleich am ersten Abende in seiner Verkleidung erkannt, die Exkursion mit den Elslebens war nur fingiert, er wollte Sie überraschen, weil er sicher wußte, den Vicomte in Ihrer Nähe zu finden.«

»Und dann?« fragte ich, indigniert über diese Perfidie meines Mannes.

»Nun! Dann hat er den Vicomte gefordert, sie haben sich geschossen, und noch am Abende ist Ihr Mann nach England gegangen«, berichtete der Fürst phlegmatisch.

»Aber Servillier?«

»Ist vierzehn Stunden nachher gestorben; in meinen Armen gestorben. Ihr Name, meine Gräfin, war sein letztes Wort.«

Ich schwieg. Eine Welt von Emotionen drang auf mich ein; Geister der Verstorbenen, blutige Leichen hielten ihren wahnsinnigen Reigen vor meinem inneren Auge. Mein Hirn schwindelte, meine Seele bebte, mein Herz war kalt. Ich sehnte mich nicht nach meinem Gatten, ich dachte ohne Liebe an die beiden Männer, welche für mich und durch mich gestorben waren. Ja, selbst ein Gefühl des Hasses mischte sich in die Erinnerung an sie. Sie waren mir durch ihren Tod Gegenstände des Entsetzens, und weshalb? – Hatte ich einem von ihnen ein Glück zu danken? Warum hatten sie sich in die verzehrende Glut meiner Nähe gewagt, diese erbärmlichen Eintagsfliegen? Warum hatten sie versucht, diese schwachen Naturen, in den Kreis einer Diogena zu treten, deren Kometenlauf sie fortreißen mußte aus der bescheidenen Bahn, welche solch kleinen Seelen prädestiniert ist.

Ich richtete mich empor, groß und frei, wie Marius auf den Ruinen von Karthago. »Rosalinde!« sagte ich, »legen Sie mir ein elegantes Reiseneglig é zurecht und lassen Sie packen. Sobald es Tag wird, gehen wir nach Paris.«

»Darf ich Ihnen folgen?« fragte der Fürst.

»Fürchten Sie nicht das Schicksal der andern?«

»O nein, meine Gräfin, wie sollte ich, da ich nicht die Prätensionen habe wie jene. Ich kann ja weder hier allein zurückbleiben noch Sie allein reisen lassen, so folge ich Ihnen nach Paris.«

Ich reichte dem Fürsten die Hand. »Oh!« rief ich, »Sie sind sublim in Ihrer Treue. Das ist die wahre instinktive Treue des Hundes, der liebt und folgt, ohne zu wissen weshalb, ohne Dank, ohne Anspruch, ohne Verlangen. Oh, die Tiere sind unegoistischer als wir und glücklicher obenein, denn sie kennen nicht das ewig wache, ewig ungestillte Sehnen in unserer Brust, das, vom Himmel stammend, hier rastlos und vergebens nach Befriedigung sucht.«

»Schlafen Sie noch eine Stunde, meine Gräfin«, sagte der Fürst, »ich will es auch tun – und dann lassen Sie uns reisen, es freut mich, daß ich doch nun weiß, wohin ich von Baden gehen soll. Ich konnte zu keinem Entschlusse kommen bis jetzt. Gute Nacht, meine Gräfin!« Und innerlich sagte er sich: Welch ein Tor ist doch der Graf, sich von dieser Frau zu entfernen, deren prächtige Kaprizen alle Tage neu sind, so daß man vollauf beschäftigt ist und gar keine Langeweile hat, wenn man nur all das tut, was sie verlangt. Solch eine Frau, wenn sie jung und reich und schön ist wie diese Gräfin, ist ja ein veritabler Tresor.«

Zweites Buch

Ich hatte das ganze südliche Frankreich nach allen Richtungen durchstrichen, war über die Pyrenäen gegangen, hatte in Alhambra einsam schöne Stunden in süßen Erinnerungen an die goldene Zeit der Abencerragen verträumt und auf den Kalkfelsen Gibraltars die blonden, rotgeröckten Söhne Albions ihre Parademärsche halten sehen. Wie Lord Byron hatte ich in Cintra geseufzt, und wie er war ich ohne Befriedigung geblieben.

Wohin ich kam, umgaben mich die Huldigungen der Männer, alt und jung waren überwältigt von meinem Zauber. Fürsten knieten zu meinen Füßen, schwarzlockige Hidalgos sangen zur Nachtzeit unter meinen Fenstern die glühenden Serenaden ihres Landes, und selbst der wilde Matador verdoppelte im Stiergefechte seine Anstrengungen, wenn mein Auge auf ihm ruhte und ihn inspirierte. Alle diese Huldigungen nahm ich an. Ich war unermüdlich in der Recherche nach dem Rechten, ich empfand süße, elegische Rührung am Herzen eines Abkömmlings der Abencerragen, dessen orientalische Phantasie mich einwiegte mit wundersamen Träumen; ich fand die aufgetaute Wärme eines jungen Irländers von der Garnison zu Gibraltar pikant; ich amüsierte mich mit den Liebesextravaganzen eines Portugiesen - ich lernte spanisch und portugiesisch, ich kopierte sämtliche Murillos der spanischen Schlösser in wenig Monaten, und als ich nach Neujahr in Paris anlangte, war ich todmüde und trotz dieser ernsten Anstrengung, glücklich zu werden, ebenso unbefriedigt wie je.

Der Ruf meiner Schönheit war mir vorausgegangen. Alle *books of beauty* und *keep sakes* brachten mein Porträt; ich war der Gegenstand der stupendesten Erwartung. Ich hatte bei den ersten Putzhändlerinnen so enorme Bestellungen gemacht, daß man sie selbst in Paris surprenierend fand und gespannt war, mich, diese vielgepriesene Frau, zu sehen. Der Fürst, mein treuer Kavalier auf der ganzen Reise, war nach Paris vorausgeeilt, um mir ein Hotel einrichten zu lassen, und empfing mich mit der Nachricht, wie sehr man mir entgegenharre.

Das ennuyierte mich, und ich beschloß, ein ganz neues Regime zu beginnen. Ich machte keine Visiten, sah nur einmal meinen Onkel, welcher Gesandter war und mir die Scheidungsakte zwischen mir und meinem Manne zu unterzeichnen brachte, und verließ mein Haus gar nicht. Die Folge davon war, daß alle Fenster der gegenüberstehenden Häuser von den fashionabelsten jungen Männern zu ganz enormen Preisen gemietet waren. Man machte Pari's darauf, wer der erste sein werde, die mirakulöse Gräfin zu erblicken; der Fürst, selbst in Verzweiflung über mein wiederholtes Refusieren, ihn zu empfangen, ward sehr recherchiert, weil man von ihm Auskunft über mich zu erhalten erwartete. Ich erfuhr durch Rosalinde all diese Extravaganzen und war degoutiert davon.

Eine finstere, lugubre Melancholie kam über mich, ich fing an, die Welt und die Menschen zu hassen, dem Schicksal zu zürnen. Ich wollte versuchen, mir die Türen des Jenseits zu eröffnen. Es schien mir pikant, grade in Paris, wo alle Welt die Genüsse der Erde sucht, diese gänzlich zu verschmähen und, umgeben von einem wahrhaft eblouierenden Luxus, das Leben eines Anachoreten zu führen.

Ich ließ neben meinem pompösen, komfortablen Boudoir ein kleines, schlechtes Zimmer seiner Tapeten berauben, alle Möbel daraus entfernen, den Kamin vermauern und das Fenster verhängen.

Aus einem Kloster schaffte ich mir das abgelegte Gewand einer verstorbenen Nonne. Als ich es angelegt hatte, sah ich mich zum letzten Male im Spiegel. Strahlender als je erschien meine faszinierende Schönheit in dieser Verhüllung. Dann zog ich mich in meine Zelle zurück und beschloß, den Pater Benoit holen zu lassen, der berühmt war durch seine strenge Askese, seine große Schönheit und sehr *en vogue* in der *beau monde,* um mich mit ihm über den Zustand meiner Seele und meines Herzens zu beraten.

Als er die Prachtsäle meines Hotels durchwandert hatte, vermutete er sicher, in eines jener eleganten Betzimmer geführt zu werden, in denen die vornehmen Damen, kokett vor ihren *prie-dieu* hingegossen, die Sünden des vorigen Tages bereuen. Wie sehr war er erstaunt, eine Zelle, eine von allem eitlen Tande entblößte Frau, in voller Schönheit der Jugend, vor sich zu sehen. Aber nicht minder frappiert war ich selbst.

Der Pater war ein Mann von kaum dreißig Jahren. Zehn Jahre lang Missionar in dem Innern von Afrika, war von der Sonne des

Südens sein edles Antlitz gebräunt. Seine Züge waren scharf geschnitten wie die des Nero oder August; sein Blick ruhig und sicher, sein Mund fest geschlossen. Schwarzes, glattes Haar legte sich weich um seine Schläfe, und er trug sein einfaches Priestergewand mit der Eleganz, mit der Distinktion eines Fürsten. Seine Hände waren aristokratisch fein und soigniert, wie er denn auch vortrefflich chaussiert war.

Einen Moment betrachtete er mich mit schweigendem Erstaunen. Dann sagte er:»Sie haben mich rufen lassen, und ich finde Sie hier in einem Zustande, verehrte Gräfin, der mich zu der Frage ermächtigt, welch Leid Ihre Seele bedrückt?«

»O mein Vater!« rief ich,»ich bin von Gott verlassen!«

»Das ist niemand, der ihn sucht.«

»Mein Vater! Ein schwerer Fluch ruht auf meinem Geschlechte, hören Sie mich an. Ich stamme von Diogenes, ich muß einen Menschen suchen, wie er es tat, einen Menschen, einen Mann in der vollen Idealität des Wortes, den rechten Mann. Unzählige Frauen unsers Geschlechtes sind daran zugrunde gegangen, denn nur das Herz und die Seele sind die Wünschelrute, mit denen man Herz und Seele, mit denen man den Rechten findet, und – wir alle haben weder Herz noch Seele.«

»Sie freveln, meine Tochter!« sagte der Pater. Aber ich ließ ihn nicht weitersprechen.»Oh!« rief ich, ihn unterbrechend,»hören Sie mich an. Submiß dem Schicksalsspruch unsers Geschlechtes, habe ich die Liebe und den Rechten gesucht mit einer Ardeur, mit einer Vehemenz, die ihnen adorabel scheinen würde. Ich bin erst siebzehn Jahre, und schon war ich einem Grafen verheiratet, von dem ich geschieden bin; schon ist ein Lord zum Selbstmorde getrieben durch mich, ein Vicomte für mich im Duell geblieben, ein Fürst folgt mir mit stupider Hundetreue, ohne zu wissen, weshalb noch warum. Unter unzähligen Hidalgos der pyrenäischen Halbinsel habe ich umhergesucht nach Liebe und nach dem Rechten, ich habe nichts gefunden als passagere Emotionen und gewöhnliche Kavaliere. Ich bin der Verzweiflung nahe. Ich finde es unter meiner Würde, zu den Regionen der Bourgeoisie hinabzusteigen, und doch fürchte ich fast, ich finde nicht in der Aristokratie, was ich erstrebe.

Da habe ich mich in meinen Zweifeln an Sie gewendet, mein Vater! Raten Sie mir, *que faire?*«

»Frau Gräfin!« sagte der Pater, »wenn Sie nicht ein unwürdiges Spiel mit mir treiben, vor dem schon die Heiligkeit meines Gewandes mich schützen sollte, so ist es hohe Zeit, daß Sie Ihre Seele in sich sammeln zum Gebete, ehe Sie der Schwindel erfaßt, der Sie hinabreißen muß in den Abgrund des Wahnsinns.«

Er wollte sich setzen, um mit mir zu sprechen, es war kein Sessel in dem Gemach. Da ich in allem gern ganz war, so hatte ich, nun ich daran dachte, mich von allem Luxus zu debarrassieren, auch die gewohnte Bequemlichkeit eines Stuhles verschmäht und lag auf der Erde. Ich sah dann frappant wieder wie eine Magdalena Correggios aus.

Der Pater ging in das Boudoir, nahm einen Fauteuil und trug ihn in meine Zelle, wo er sich darauf niedersetzte. Ich kniete vor ihm nieder.

»Oh!« sagte ich, »Sie sehen aus, mein Vater, als ob Sie eine Seele hätten, aus Ihren Augen spricht ein mildes, liebendes Herz. Haben Sie Erbarmen mit mir, geben Sie mir von dem Überflusse Ihrer Seele, Ihrer Liebe einen Funken, daß er in mir ein Mirakel wirke. Sehen Sie, ich bin das unglückliche Götterbild des Pygmalion, die Schönheit ohne den belebten Hauch der Liebe. Lieben Sie mich, mein Vater! Sie, dessen Herz, dessen Seele groß und mächtig genug waren, den in Heidentum versunkenen Völkern den Geist der Liebe einzuflößen, Sie müssen die Kraft haben, auch mir eine Seele, ein Herz zu geben, auch mir die Gnade der Liebe zu gewähren. Lieben Sie mich, mein Vater! Es ist ein Gott wohlgefälliges Werk.«

Ich war außer mir. Aufgelöst in Tränen, umklammerte ich seine Knie und preßte meine brennenden Lippen auf seine eleganten Hände, die er mir entzog, um sie segnend auf mein Haupt zu legen. Er betete leise, ich blickte zu ihm empor, er sah wunderschön aus.

»Gräfin«, sagte er dann ruhig, »Sie haben wohlgetan, daß Sie sich zu Buße und Andacht wendeten, denn Gott muß ein Wunder tun, um Sie von Ihrer furchtbaren Verblendung zu heilen. Sie haben Gott gelästert und vergessen und sich an seine Stelle gesetzt. Sie haben sich angebetet in fürchterlichem Egoismus und dem Götzen Ihrer

Eitelkeit die Herzen und das Leben von Männern geopfert. Nicht in der Natur des elendsten Kaffernweibes fand ich die Grausamkeit spielender Selbstsucht, die sich in Ihren koketten Worten verrät. Nicht Liebe haben Sie gesucht, sondern Befriedigung Ihrer Sinnlichkeit, Beschäftigung für Ihre unersättliche Phantasie. Suchen Sie Gott im Geiste, nicht in der makellosen Schönheit eines Mannes, und Gott wird sich Ihnen offenbaren in jener heiligen, unvergänglichen Liebe, die nicht zu suchen braucht nach dem Rechten, weil jeder Mensch, auch der elendste, einer rechten Liebe wert ist. Aber Sie wollen nichts lieben als sich selbst, und das ist Sünde, das ist Tod.«

Er war aufgestanden, ich hielt ihn zurück. »O mein Vater!« rief ich, »sprich, sprich immer weiter, deine milde Stimme kalmiert den wilden Sturm meines Herzens wie Öl das Meer; die Wogen meines Innern legen sich zur Ruhe, die Fluten aplanieren sich, und wie der Mond sich spiegelt im ruhenden Meere, so schwebt dein heilig ernstes Antlitz auf dem Spiegel meines Innern. Verlaß mich nicht, mein Vater! Halte mich nicht unwert deines Gebetes, du, der hinabstieg zu dem Stumpfsinn miserabler Wilden, häßlicher Negerinnen, niedrigen Pöbels. Sieh, mein Vater! Ich bin Gräfin, ich bin von edelstem Stamme, ich bin schön, ich bin jung, o bete, bete mit mir, daß ich das einzige erlange, was mir fehlt; gib mir die heilige Liebe deines Herzens, gib mir dein Herz, damit es lebe in meiner Brust und deine Liebe mächtig werde in meiner Seele!«

Ich sprang empor und schloß ihn in meine Arme, ein flammender Kuß Benoits brannte auf meiner Stirn, dann riß er sich los und verschwand. Ich sank auf die Erde zurück, ich träumte von den langen, unabsehbaren Wüsten Afrikas, verschmachtend lag ich da im öden Sonnenbrand, ich hörte den Tritt von Kamelen, lange Karawanen zogen an mir vorüber, niemand beachtete mich, niemand hörte den leisen Ruf, den meine erschöpften Kräfte mir gestatteten. Da kroch ich mühsam weiter und fand das Lager eines Negerstammes. Schwarze, garstige Weiber, affenartige Kinder wälzten sich unter den Zelten umher, die elend aus Fellen und Tüchern bereitet waren. Ein schöner Mann stand inmitten des Lagers und teilte Worte der Liebe und Gnade den geistig Dürstenden aus, während ich ihn vergebens um einen Tropfen Wasser flehte, meine glühenden Lippen zu kühlen, um ein Wort des Trostes, meine Seele zu erfrischen. Ich sah ihn ungerührt an mir vorüberschreiten, er sagte, sich abwendend:»Sieh, Diogena, diese elenden, schwarzen Weiber sind glänzende Engel des Lichtes gegen dich, denn sie lieben den Mann, dess' harte Hand sie schlägt, und du liebst nichts.«

»Oh, dich liebe ich!« wollte ich rufen, aber er war schon verschwunden.

Ich lief in mein Boudoir, ich befahl Rosalinde, mir noch einmal den Pater holen zu lassen. Sie schickte fort, und der Diener kam mit dem Bescheide zurück, der Pater Benoit sei im Dienste des Klosters beschäftigt. Er könne erst morgen wiederkehren.

Die Nacht verging mir in tödlicher Unruhe; zuweilen war es mir wirklich, als liebte ich den Pater, als sei mit seinem Erscheinen ein neues Gefühl in mir erwacht, als perlten neue Quellen aus den profundesten Tiefen meiner Existenz hervor. Ich weinte, wenn ich an ihn dachte, ich wußte nicht, ob vor Liebe oder aus Dépit, weil er kalt genug geblieben war, nicht auf meinen zweiten Ruf sogleich zu retournieren.

Am Morgen ließ ich meine goldenen Locken glätten, arrangierte meine Händchen und meine fabelhaft kleinen Füßchen, die in den Sandalen noch viel charmanter erschienen als in der elegantesten Pariser Chaussure, und erwartete sehnsüchtig die Ankunft des Paters, denn trotz aller Meditationen fing ich an, mich in meiner Solitude ganz unbeschreiblich zu langweilen. Ich grollte mit meinem Geschick. Da sah ich, soweit das möglich war bei der Distance, welche mich von der Bourgeoisie trennte, ganz einfache Bürgersfrauen, die gar kein Schicksal hatten, denen nichts arriviert war, die nichts suchten und die dennoch ganz zufrieden waren. Sie hatten einen Mann, Kinder, Arbeit, Liebe für all dies – lauter furchtbar ignoble Dinge –, aber sie sahen vergnügt und zufrieden aus und hatten so wenig Langeweile, daß sie selbst die Agréments von Theatern und Bällen selten besuchten, die ihre Männer ihnen offerierten, sondern still begnügt in ihrer Häuslichkeit lebten.

Aber dies war ja ganz incomprehensibel! Warum hat die kleine Frauennatur in der Begrenzung ein Glück, für das immense Seelen wie meine bei dem rastlosesten Suchen kein Äquivalent finden? Ich fühlte Widerwillen gegen die Erde, der Himmel lockte mich. Ich dachte an die Gefilde der Seligen. Oh! Im Jenseits wenigstens sind die Stände scharf geschieden, dort, sagte ich mir, müsse es deliziös sein. Alle Freuden, alle Genüsse auf der Seite der Aristokratie, der Seligen; alle Pein, alle Schmerzen für das Gros der Verdammten. Darin fand ich die göttliche Gerechtigkeit wieder, das erhob meine Seele zur Adoration, und ich hoffte, Gott würde mir im Himmel die Kompensation für alles Ennui der Erde bereiten.

In diesen Betrachtungen störte mich die Meldung, daß der Pater gekommen sei. Ich ließ ihn bitten, einzutreten. Aber wie erstaunte ich, als statt des Paters Benoit, den ich erwartet hatte, ein alter, düsterer Priester erschien. Ich fragte nach seinem Begehren.

»Der Pater Benoit hat mir gesagt, daß Ihre Seele, meine Tochter, in den Fesseln des Bösen sei und daß Sie Beistand suchen, sie daraus zu erlösen.«

»Und warum kommt er nicht selbst?«

»Er ist abgereist heute in aller Frühe.«

»Und wohin?«

»Zurück in die Wüsten Afrikas, wo er den Heiden das Wort des Lebens gepredigt hat, und wo er Menschen zu retten findet.«

»Warum verschmähte er, mich zu retten, deren Seele sich ihm hilfesuchend und vertrauend nahte?«

»Das beantworte dir selbst, meine Tochter!« sagte der Priester. »Er floh die Erbsünde, denn du bist die Schlange, du bist der Satan in seiner verführerischen Gestalt, und wohl dem einen Jünglinge, daß er sich deiner teuflischen Arglist entzog. Dir wäre besser, dein gleißend Antlitz überzöge sich mit Aussatz und deine Seele würde rein von Schuld und Sünde!«

Ich richtete mich majestätisch empor. Eine Träne prächtigen Zornes trat in die schöne Iris meines Auges. Oh! Grade in dem Herzen dieses unentweihten reinen Jünglings hatte ich die ewig glühende Liebe, jenes Naphtha des Lebens zu finden gehofft, von dem ich mich zu ernähren strebte. Ich begriff, daß die durch tausend Leidenschaften usierten Männer der *beau monde* mir jenes heilige, primitive, indestruktible Feuer nicht entgegenbringen konnten, von dem ich allein noch Rettung aus meiner Blasiertheit erwartete. Es verdroß mich, daß dieser junge Mönch mich, die göttliche Diogena, verschmäht hatte; mein Zorn wendete sich gegen den alten Pater, der, dies fühlte ich, mehr oder weniger zu jener mir verhaßten Abnegation Benoits beigetragen haben mußte. Ich wollte dem Pater zeigen, wie wenig Einfluß er auf mich habe, und während er sich zu einer foudroyanten Rede vorbereitete und diese anfing, schellte ich Rosalinden und befahl ihr mit prächtiger Impertinenz, dem Pater einen Fauteuil in meinem Boudoir neben meiner Toilette zurecht zu setzen, da ich heute abend meine Antrittsvisiten zu machen gedächte und mich sogleich coiffieren lassen müsse.

Der Pater sah mich bewildert an. Dergleichen mochte ihm noch nicht vorgekommen sein. Er sagte keine Silbe, sondern entfernte sich, über mir das Zeichen des Kreuzes machend.

Die Erinnerung an meine Pönitenzversuche, an Benoit, hatten etwas, das mir penibel war und das ich zu verscheuchen trachten mußte. Die Gesellschaft ersehnte mich so lange, daß ich mich ihr wirklich schuldig war. Ich machte noch denselben Abend meine erste Visitentournee, und nach wenig Tagen war ich auch hier der Mittelpunkt des geselligen Treibens.

Paris war in einem Zaubertraum. Meine Anwesenheit inspirierte die Poeten und Musiker, die Dichter benutzten die interessanten Episoden aus meinem Leben, welche allmählich publik geworden waren. Die Fabrikanten nannten ihre neuesten Produkte *à la belle Comtesse* oder *à la Diogène*, und unter den jungen Kavalieren war eine vollkommene Konkurrenz um den Besitz meiner Gunst eingetreten.

Ich wanderte, geschmückt mit allen Colifichets des raffiniertesten Luxus, unter diesem Treiben einher, so kalt, so nichtachtend, wie die himmlischen Gestirne über die Erde schreiten. Oftmals versuchte ich die Wünschelrute auszuwerfen, wenn aus den Herzen der Männer das Liebesmeer unter dem Strahl meiner Augen zu mächtiger Flut emporschäumte, aber während ich alle Herzen entzündete, blieb das meine kalt. Ich sagte mir selbst, dein Herz, wenn du eines hast, ist ein Diamant, blendend, strahlenwerfend, hart, von allen begehrt und kalt – aber auch der Diamant verbrennt, wenn nur das rechte, intensive Feuer ihn ergreift; dies Feuer muß existieren auch für mein Herz, und wenn es einst brennt, dann sind all meine Skrupel auf einmal gelöst, dann weiß ich, daß ich ein Herz habe, und dann habe ich den Rechten gefunden.

Diese Gedanken brachten mich auf die Gesetze der Schöpfung, auf Naturwissenschaften, Chemie und Anatomie. Die oberflächliche Konversation der Salons war mir insupportable geworden, ich wurde fast nervös, wenn die jungen Männer wieder mit den sich ewig gleichbleibenden banalen Liebesphrasen mir das matte Glühen ihrer usierten Herzen andeuteten, ich hatte keine Freude, keine Zerstreuung mehr von ihnen zu erwarten und ich war doch noch so jung, ich war Gräfin und schön, das heißt, zum Glück berechtigt. Um mich zu desennuyieren, fing ich an, mich in die Wissenschaften zu werfen. Ich besuchte einen Kursus um den andern; der Fürst, der sich dabei noch mehr als gewöhnlich langweilte, begleitete mich überall.

Ich ließ meine Zelle in ein Laboratorium verwandeln, ich verdampfte Quecksilber, experimentierte mit Jod und hatte es bald zu einer Erkenntnis in den tiefsten Tiefen der Wissenschaft gebracht, die Berzilius und Faraday, denen ich in elegantem Salonjargon die tiefsinnigsten Briefe schrieb, in Entzücken versetzten. Da brachte mir eines Tages, als ich ermüdet von einer anstrengenden mehrtägigen Beobachtung, erschöpft auf meine *Chaiselongue* gesunken, der junge Professor, welcher mir bei meinen Studien behilflich war, einen seiner Freunde mit, um ihn mir zu präsentieren.

Ich hatte mir ein Kostüm arrangiert, das vortrefflich für meine dermaligen Zwecke paßte. Ich trug eine Robe montante von graubraunem Wollenstoffe, oben mit einer schwarzen Spitze geziert, die nur mit einer Cordelière um die Taille befestigt war. Lose Ärmel ließen sich während der Arbeit leicht zurückschlagen und zeigten meine superben Arme mit schwarzen Steinkohlen, Brasseletts geschmückt. Um den Kohlenstaub für meine goldenen Locken zu vermeiden, hatte ich mir ein kleines schwarzes Käppchen von Velours anfertigen lassen, das in der Form den mittelalterlichen Coiffuren gleichkam. Schwarze Stiefelchen chaussierten meine Füßchen vortrefflich; das Ganze war ebenso graziös einfach als distinguiert.

Als die beiden jungen Männer bei mir eintraten, fanden sie mich mit dem neuesten Werke über den Elektro-Magnetismus beschäftigt. Es war von der belebenden Wirkung desselben auf die Nerven die Rede. Ich hatte darüber nachgedacht und mochte etwas zerstreut sein, als mir der Professor seinen Freund nannte. Der Diener präsentierte den Männern die Fauteuils, und es entstand eine wunderliche Pause, weil ich in Meditationen, der neue Gast in den Anblick meiner Schönheit versunken war.

Endlich raffte ich mich empor und sagte.»Verzeihen Sie, mein Herr, wenn ich Sie bitte, mir noch einmal Ihren Namen zu wiederholen. Ich kenne sämtliche Namen aller adeligen Geschlechter auswendig nebst ihren Wappen, ich habe ein immenses Gedächtnis, indessen für die Namen der Bürgerlichen ist es mirakulös schwach, und sie entschwinden mir sehr leicht wieder.

Der Angeredete sagte sehr ruhig:»Ich heiße Friedrich Wahl.«

»Ein Deutscher also?«

»Ja, gnädige Gräfin.«

»Und was führt Sie nach Paris?-

»Ich bin Professor an dem anatomischen Cabinet.«

Ein plötzlicher Gedanke durchzuckte mich. Ich fragte: »Sagen Sie mir, mein Herr, gibt es Menschen, die das Unglück haben, ohne Herz geboren zu sein?«

»Unmöglich, gnädigste Gräfin!« entgegnete Friedrich, »auch ist dies ein Mangel, über den sich, wie mich dünkt, noch niemand beklagt haben wird, am wenigsten in Ihrer Nähe.«

Ein glühendes Rot überflog sein Gesicht. Der milde Klang seiner Stimme frappierte mich angenehm. Ich zog mein Lorgnon hervor, ihn zu betrachten. Er machte mir einen lebhaften Eindruck. Groß, kräftig und regelmäßig gebaut, mit schönen, gradlinigen Gesichtsformen, großen blauen Augen, über die sich oft ein feucht verschwimmender Glanz ergoß, und mit reichem hellbraunem Lockenhaar, war er der Typus eines Deutschen, eine angenehme Diversion unter all den dunkeln Franzosen und fadblonden Engländern. Seine Tournure hatte nichts von der recherchierten Nachlässigkeit der eleganten Kavaliere, seine Toilette war die simpelste von der Welt, sein ganzes Maintien erinnerte mich an die Haltung Napoleons, wie er in sich selbst ruhend, mit übereinandergeschlagenen Armen dargestellt wird.

Er hielt meinen Blick ruhig aus und sagte, indem ein leises Lächeln über seine Züge glitt: »Sie scheinen kurzsichtig zu sein, Frau Gräfin! Befehlen Sie, daß ich Ihnen näher rücke?«

Diese Worte von einem Manne gesprochen, der noch wenig Augenblicke vorher ganz fasziniert gewesen war von dem Zauber meiner Schönheit, machten mir einen wunderbaren Effekt. Ich wollte diese Impertinenz mit einem wahrhaft aristokratischen Contrecoup vergelten und fragte: »Wollen Sie mir sagen, mein Herr Wahl, was Sie zu mir führt? Sie bedürfen wahrscheinlich einer Protektion, die Sie in mir zu finden hoffen und die ich gern gewähren will.«

Friedrich lächelte wieder und entgegnete:»Gnädige Gräfin! Ich bedarf keiner Protektion, denn ich bin ganz und gar unabhängig.«

»Sie sind reich?«

»Im Gegenteil. Ich würde Ihnen vermutlich arm erscheinen, hätten Sie Gedächtnis genug, die Einkünfte eines Bürgerlichen zu behalten; aber ich bin reich, weil ich früher ganz arm gewesen bin und mir also relativ sehr reich erscheine.«

»Und wem verdanken Sie diese Wandlung Ihrer Verhältnisse?«

»Mir selbst, und ich möchte auch sonst niemandem etwas verdanken.«

Friedrichs Selbstgefühl enchantierte mich, weil es mir in dieser Weise neu war. Ich hatte mich bis dahin in halbliegender Stellung, mit prächtiger aristokratischer Nachlässigkeit verhalten und mit der Kette meines Lorgnon gespielt. Jetzt fand ich, daß dieser Mann die Mühe verlohnte, sich für ihn aus den indolenten Allüren zu reißen. Ich richtete mich empor, kreuzte graziös meine Füßchen auf dem Tabouret und lehnte meine superbe, sammetweiche, fabelhaft kleine Hand auf das dunkle Sofakissen. Sie sah darauf aus wie eine rötliche, chinesische Primel, die im Frühjahr zum ersten Sonnenstrahl aus dem dunkeln Erdreich hervorguckt. Ich merkte, daß Friedrich, trotz seines Selbstgefühls, trotz seines forcierten Spottes, kein Auge von meinen Händchen verwenden konnte, und ich gönnte ihm generös die Freude des Anstaunens, indem ich sie in das rechte Licht brachte.

»Aber um alles in der Welt, lieber Professor!« sagte ich lachend zu dem Chemiker, der schweigend und ganz verwundert über diese originelle erste Entrevue dagesessen hatte,»was haben Sie mir da für einen wunderlichen Gast gebracht. Ich glaube, Sie wollen mich persuadieren, statt der chemischen Analysen einmal einen Charakter zu analysieren, wer weiß, ob ich dazu das Talent habe und ob die Elemente nicht so flüchtig sind, daß ich sie nicht zu fixieren verstehe.«

»Sie würden noch mehr erstaunen, verehrteste Gräfin«, sagte der Chemiker,»wenn Sie wüßten, was meinen Freund zu Ihnen geführt hat. Er ist ein begeisterter Anhänger der Jetztzeit, des Liberalismus, der Entwickelung der Humanität, wie sie sich jetzt unter uns offenbart, und war begierig, Sie, gnädige Gräfin, kennenzulernen, weil ich ihm erzählt hatte, daß all dieses für Sie gar nicht existiere.«

»In der Tat«, fiel ihm Friedrich, abermals flüchtig errötend, in das Wort, »in der Tat, ich war begierig, eine Frau kennenzulernen, die ganz Paris als das Wunder der Schöpfung anstaunt, deren Geist alle Welt anerkennt und die es dennoch möglich gemacht haben sollte, sich vor dem Einflusse der heiligsten und erhabensten Ideen zu bewahren, die die bewegende Kraft unsers Jahrhunderts sind.«

»Also auf eine Proselytin war es abgesehen!« rief ich aus. »Oh, mein Herr Wahl! Den Gedanken desavouieren Sie gewiß, wenn Sie mich kennen. Ich bin nun einmal von einer besondern Natur, ich bin wunderbar exklusiv, mein Geist hat seine eigentümlichen Allüren. Vielleicht, daß ich mich zu groß fühle, mich in Ihre heilige Allgemeinheit zu verlieren, vielleicht scheine ich mir eines besondern Loses würdig, ein *être à part* zu sein. Denken Sie, was Sie wollen. Geben Sie mir Seraphsschwingen, mich zum Äther zu tragen, oder die Fledermausflügel eines Dämons, mich hinabzusenken in die nächtlichen Tiefen der Existenz – nur vor den Allüren Ihrer staubgeborenen Menschen lassen Sie mich sicher sein. Ich mag nicht im Staube leben, ich mag nichts mit der Menge gemein haben, und mein Fatum ist mir gnädig gewesen: ich heiße Diogena, ein Name, den vielleicht niemand außer mir trägt auf Erden. Vielleicht hat mich dies für meine exklusiven Regungen prädestiniert.«

Indem ich diese Worte sprach, hörten wir in meinem Laboratorium das Platzen einer Retorte, und der Professor, auf den dieser Ton eine magnetische Attraktion übte, stand auf, um sich zu überzeugen, was geschehen sei. Ich blieb mit Friedrich allein und sagte: »Mir wäre es ganz recht, wenn das ganze Laboratorium in die Luft gesprengt würde, den Professor ausgenommen.«

»Und doch behauptet mein Freund, Sie wären mit dem Studium der Chemie leidenschaftlich beschäftigt«, meinte Friedrich.

»Ich war es, jetzt ist die Zeit vorüber. Ich kenne jetzt von der Chemie alles, was man bis auf diese Stunde entdeckt hat, ich bin zu neuen unerhörten Forschungen vorgedrungen; was ich suchte, fand ich nicht, und so hat ihr Reiz für mich aufgehört.«

»Und darf ich fragen, welches Problem Sie zu lösen begehrten?«

»Ich hoffte aus der Art, in der sich in der Natur die wahlverwandten Elemente ergreifen, um sich unauflöslich zu fassen und zu vereinen, eine Analogie zur Découverte des Wahlverwandten in den Menschennaturen zu finden. Während ich die Dinge in ihre Elemente auflöste, hoffte ich den Weg zu der mir verwandten, mir ewig eigenen Menschennatur zu finden, es reüssierte nicht, und so bin ich der toten Wissenschaft müde und um eine Illusion ärmer.«

»Das heißt um eine Wahrheit reicher!« sagte Friedrich.

»Das ist auch eine von den modernen Tendenzphrasen, die ich hasse. Ich suche die Wahrheit nicht, ich suche die Liebe und das Glück.«

»Sie suchen die Liebe? In andern oder in sich?«

»Ich fand sie weder in jenen noch in mir.«

»Sie, Sie, Gräfin! Sie suchten nach Liebe und vergebens? Aber das ist ja unmöglich, da jeder anbetend und verlangend vor Ihnen niederstürzen muß!«

»Was wollen Sie«, sagte ich indifferent, »es mag in einer fehlerhaften Organisation meines Herzens liegen, daß die Liebe nicht in demselben agieren und reagieren kann. Ich möchte das Herz in seiner physischen Struktur kennen, um es in seinen Empfindungen danach zu beurteilen. Ich möchte wissen, wie das Fluidum, das die Welt beseelt, das in dem einzelnen Menschen agiert und von ihm ausströmt, auf die ihm verwandte Natur influiert. Mit einem Worte, ich möchte Anthropologie studieren und Anatomie treiben. Wollen Sie mein Lehrer sein?«

»Haben Sie jemals eine Leiche gesehen, gnädige Gräfin?«

Ich dachte an Ermanby, und mir schauderte. Ein leichter Frison fuhr über meine Glieder, aber ich schämte mich seiner als einer unwürdigen Schwäche. Ich sagte Friedrich, daß ich vor den Schrecken einer Wissenschaft nicht zurückbebe; daß freilich mich die geringste Geschmacklosigkeit in der Ausdrucksweise eines Menschen *au dernier degré* degoutiere, daß mich ein unharmonisches Geräusch nervös mache, daß ich aber mehr ertragen könne als ein Mann, wenn es darauf ankäme, mich durch neue Sensationen aus meinem Ennui zu befreien.

»So haben Sie die Gnade, Frau Gräfin, Ihren Wagen zu befehlen, und erlauben Sie mir, Sie heute versuchsweise in die Morgue zu führen.«

Es geschah. Als wir in dem feuchten, nebligen Winterwetter durch die nassen, dampfenden Straßen von Paris fuhren, blickte Friedrich mehrmals seufzend zu den geschlossenen Fenstern hinaus. Ich fragte ihn, was ihm fehle.

»Oh«, sagte er, »in diesem Momente, Frau Gräfin, fehlt mir nichts, aber grade das erinnerte mich an eine Zeit, in der ich alles entbehrte, in der ich hungernd und frierend aus der Armenschule in meine elende Bodenkammer heimkehrte und meine kranke Mutter ohne Feuer fand, weil sie für diese Ersparnis das Licht kaufte, bei dem ich mich für meine Lektionen vorbereitete. Meine Mutter ist an der Armut gestorben, und ich genieße jetzt zu meinem Schmerze ohne sie ein Wohlleben, das ihr fürstlich scheinen würde und das ich so gern mit ihr geteilt hätte.«

»Und haben Sie keinen Bruder, keine Schwester, die jetzt an Ihrem Succès teilnehmen?«

»Ich habe niemand. Mein Vater starb vor meiner Geburt, ich bin ganz allein in der Welt; ich habe niemand, der meiner bedarf in besonderer Liebe; da wendet denn das Herz sich der Menschheit zu und sucht in ihr die Liebe seines Herzens.«

Bei diesen Worten legte sich wieder der feuchte Glanz über die Iris seines tiefblauen Auges. Die Rührung in dem Angesichte eines schönen Mannes hat eine aparte Grazie; ein Charakter ist so selten eine weiche, impressionable Natur. Ich fragte mich innerlich, was mich an diesem deutschen Professor interessierte, dessen Manieren, dessen Mokerie zu Anfang unserer Entrevue wirklich so sehr an das Beleidigende streiften, daß man es nur pardonieren konnte, wenn man annahm, er ignoriere den *usage du monde*. Endlich fiel es mir ein, es sei eben dies bürgerliche Element, das mir neu und darum reizend sei. Die ausgezeichnetsten Frauen unseres Hauses, Gräfin Ilda Schönholm, Gräfin Cornelie, meine Mutter Sibylle, Margarethe Thierstein, alle hatten einen bürgerlichen Liebhaber, eine Episode mit einem Bürgerlichen gehabt, und alle hatten einen passageren Reiz darin gefunden. Dies beruhigte mich über die unwillkürliche Sensation, die ich empfand; ich hatte gewähnt, mein adelig Blut revoltiere dagegen, daß ein gewöhnlicher Professor, ein Friedrich Wahl, es schneller fließen machte.

So weit war ich in meinen Meditationen gekommen, als wir in der Morgue anlangten. Friedrich war dort bekannt. Er führte mich in den Saal, in dem die Leichen ausgestellt waren. Dort lag ein junger Mann, aufgedunsen, blau unterlaufenen Gesichts, man hatte ihn aus dem Wasser gezogen, ganz in der Nähe des Pont-Neuf. Ein Greis, mehr einem Skelett als einer menschlichen Gestalt zu vergleichen, mumienhaft eingetrocknet, war sein Nachbar. »Er ist wohl vor Hunger und Schwäche gestorben«, meine Friedrich und führte mich weiter an der Leiche eines jungen Mädchens vorüber, die sich im Kohlendampfe erstickt hatte. Lange, aufgelöste Haarflechten hingen an ihrem Haupte hernieder, die Augen waren starr geöffnet, ein weißer Schaum stand vor dem schön geformten Munde. Ich bebte vor Entsetzen; der furchtbare Leichengeruch drohte mich ohnmächtig zu machen, meine Sinne schwanden. »Oh«, sagte ich zu Friedrich, »aber dies ist ja horribel, und unter solchen Szenen des krassesten Todes konnten Sie leben? Oh, um des Himmels willen, aber das ist insupportabel!«

»Und doch, Frau Gräfin, lehrt uns nur der Tod das Leben verstehen, doch finden wir, indem wir die tote menschliche Gestalt in ihrer wunderbaren Organisation betrachten, das Mittel, dem lebenden Organismus zur Hilfe zu kommen, wenn ihn Störung bedroht. Aber lassen Sie uns gehen, dies ist, ich wußte es, kein Anblick für eine Dame wie Sie.«

Er hatte meinen Arm genommen und wollte mich hinausführen. Es schien mir, als läge eine leichte Färbung von Spott auch in diesen letzten Worten. Das verdroß mich. Ich überwand den Degout, den instinktiven Schauder, den ich fühlte, dieser stolze Mann sollte sich nicht rühmen können, eine Faiblesse an mir gesehen zu haben. Ohne die geringste Flexion der Stimme rief ich lächelnd:

»Oh, fürchten Sie nichts, Herr Wahl! In uns Frauen der Aristokratie ist Mut und Rasse, wir dauern aus, wo Ihre Bürgersfrauen matt zusammenbrechen. Für die Wissenschaft ist mir kein Sacrifice zu schwer. Führen Sie mich jetzt nach Hause, bestellen Sie die nötigen Bestecke, sorgen Sie für die anatomischen Präparate, die uns indispensabel sind, und kommen Sie in drei Tagen zu mir, wir wollen unsern Kursus dann beginnen.«

»Sie scherzen, Frau Gräfin!« sagte Friedrich.

»Was berechtigt Sie zu dem Glauben, daß ich dies der Mühe wert finde?« fragte ich mit einem superben Akzent von Hochmut, vor dem Friedrich erbleichte. Als ich dies sah, fühlte ich, daß man diesem Mann gegenüber andere Allüren annehmen müsse als gegen die an weibliche Impertinenz gewöhnten Männer der Salons. Ich lenkte ein, gab ihm mit graziösem Lächeln mein Händchen und sagte neckisch: »Auf übermorgen also, mein Herr Professor! Seien Sie nur nicht zu rigoros mit Ihrer Elevin und denken Sie hübsch, daß wir Frauen der Aristokratie unsere eigentümlichen Allüren haben, für die ich im voraus Ihre Nachsicht erbitte. Wollen Sie die haben?«

»Frau Gräfin«, rief Friedrich, »O Sie wissen es, daß diesem Blicke, diesem Klange kein Mann widersteht, warum ziehen Sie mich in einen Zauberkreis, in dem ich niemals zu leben hoffen darf?«

»So tragisch?« sagte ich. »Aber wer denkt denn an Zauber und Zauberkreise? Von Anatomie ist die Rede, und ich erwarte Sie also übermorgen. Auf Wiedersehen, mein Herr Professor!«

Ich sprang aus dem Wagen, er geleitete mich zu meinem Zimmer, wo ich ihn mit einer nobeln Handbewegung congediierte.

Während ich meine Toilette machte für einen Ball bei dem preußischen Gesandten, ließ ich meinen Kammerdiener kommen und sagte ihm, ich wünsche ein Changement mit meinem Laboratorium vorzunehmen. Der Schornstein müsse vermauert, die Fenster mit Spiegelgläsern versehen, ein Fenster oben an dem Plafond angebracht werden, weil ich volle Lumière brauche. Dann bestellte ich einen Sektionstisch mit einer Marmorplatte, Schränke für anatomische Präparate, Glasflaschen mit Spiritus zur Konservierung derselben und eine Menge von Odeurs der kostbarsten Art, um während der Lektionen zu räuchern und sich später damit zu desinfizieren. Dabei machte ich die Kondition, daß alles in zwei Tagen beendet sein müsse.

Als ich eben mein Brasselett anlegte und Rosalinde noch einen Esprit von Brillanten an meiner Coiffure befestigte, trat der Fürst Callenberg ein und blieb wie geblendet von meiner Schönheit in der halb erhobenen Portière meines Boudoirs stehen, in das ich bereits aus dem Toilettenzimmer getreten war.

»Sie kommen sehr à propos, lieber Fürst!« rief ich ihm entgegen. »Ich war heute in der Morgue, um mich mit dem Anblick von Kadavern zu familiarisieren, da ich übermorgen meinen anatomischen Kursus beginne. Könnten Sie mir nicht die Leiche irgendeines Kindes aus einem aristokratischen Hause verschaffen? Es liegt mir etwas Unbehagliches darin, an einer Leiche von niederm Stande zu operieren.«

Der Fürst sah mich mit einem fast stupiden Ausdrucke von Bewilderung an. »Aber meine Gräfin!« sagte er, »was für mirakulöse Inklinationen hat Ihre immense Seele? Sie vaguieren aus einem Extrem in das andere. Werden Sie denn niemals ein Genügen finden? Sie wissen, ich respektiere Ihre Allüren, indessen dies scheint mir doch fast zu extravagant. Sie, Sie, teure Gräfin, wollten die rosigen Händchen mit Blut beflecken? Aber wo wollen Sie denn enden?«

Es war die längste Rede, welche Fürst Callenberg jemals gehalten, das erste Raisonnement, das ich jemals von ihm gehört hatte. Auch wirkte es auf mich wie das *maiden-speech* eines immer schweigenden Parlamentsmitgliedes. Ich sah, wie sehr der Fürst mich lieben müsse, um zu einer Demonstration verleitet zu werden, die so ganz außer den Grenzen seiner Natur lag. Deshalb nahm ich mir die Mühe, ihm zu antworten, was ich nicht immer tat.

»Sie fragen mich, lieber Fürst, wann ich Ruhe und Genügen finden würde? Sehen Sie das Leben meiner Mutter und meiner Tante Faustine an und antworten Sie sich selbst. Wir sind die Inkarnation der Ratlosigkeit, der Leere, des Müßigganges unserer Tage; wir sind die weiblichen ewigen Juden, auf uns ruht ein Fluch, wir sind tragische Gestalten, Vampirnaturen – und doppelt destruktiv, weil wir das Bewußtsein davon haben, weil eine Eiseskälte des starrsten Egoismus uns unverwundlich macht. Sehen Sie denn nicht, alles um mich her geht zu Grunde, die Herzen brechen und verbluten sich, wohin ich wandernd komme, und ich muß fort, immer weiter fort – oh, darin liegt aber ein furchtbares Malheur!« rief ich, und warf mich in Verzweiflung dem Fürsten an die Brust, in heiße Tränen ausbrechend.

Der Fürst hatte mich nie eblouierender gesehen als in diesem Momente. Er schloß mich an sich und sagte:

»Oh, meine Diogena! Dürfte ich dich ewig so halten, dürfte ich meine Arme einen Talisman sein lassen, der dich einfriedete in eine andere Welt!«

Die enorme Liebe machte ihn fast beredt. Eine Weile ruhte ich an seinem Herzen, dann richtete ich mich empor und sagte: »Oh, wiegen Sie mich nicht ein in Reverien von Glück und Ruhe, die für mich nicht existieren; meine tragische Mission ist noch lange nicht beendet; ich muß fort und suchen, wo ich den Rechten finde. Und nun lassen Sie uns eilen, zu dem Ball bei dem Ambassadeur, ich bin zu allen Contretänzen engagiert.«

Zwei Tage darauf waren alle meine Befehle exekutiert, und der anatomische Kursus begann. Ich ward der Wissenschaft mit unglaublicher Leichtigkeit Herr, meine kleinen Händchen kamen mir wunderbar bei dem Präparieren zustatten. Mit derselben Perfektion, mit der ich früher die elegantesten Decoupuren von schwarzem Papier gefertigt, machte ich jetzt die feinsten Nervenpräparate, spritzte Venen aus und sezierte die zartesten Zellgewebe. Mein Lehrer war in der vollsten Admiration dieses stupenden Talentes. Vorzüglich aber interessierte mich das Herz, als wir nach einigen Tagen uns damit zu beschäftigen anfingen. Es tentierte mich, diesen Muskel, in dem sich unsere sublimsten Sensationen vibrierend kundgeben, in seinen minutiösesten Details zu kennen, und ich arbeitete noch fort, als schon die Dämmerung begann und Friedrich sein Messer aus der Hand legte.

»Lassen Sie uns aufhören, gnädige Gräfin!« sagte er, »es wird zu dunkel.«

»Oh, dunkel ist alles!« rief ich achtlos aus.

»Alles?« fragte Friedrich –, »auch Ihr sonnenhelles Dasein?«

»Unseliger! Müssen Sie mich daran mahnen?«

Ich hatte die kleine Ärmelschürze von dunkelm Taffet abgeworfen, die ich bei der Arbeit trug, und war aus dem Kabinett in mein Boudoir getreten. Rosalinde präsentierte mir ein Lavoir von Sèvres-Porzellan, in dem ich mich säuberte, reichte es dann Friedrich, goß Odeurs über unsere Hände, parfümierte das Zimmer und entfernte sich. Ich warf mich in einen Fauteuil zunächst dem Kamin, gab Friedrich ein Zeichen, sich ebenfalls niederzusetzen, kreuzte meine

Füßchen auf dem Tabouret vor dem Feuer, dessen Glut mich beschien, und beobachtete in halber Distraktion den schweigsamen Friedrich, dessen Auge mit Spannung all meinen Bewegungen folgte.

»Frau Gräfin!« sagte er endlich, »wissen Sie wohl, daß Sie mich meiner Wissenschaft abwendig machen? Ich werde nicht mehr wiederkehren dürfen.«

»Wie das?«

»Oh, ich empfand es gestern, Frau Gräfin! Ich kann nicht mehr sezieren. Ich sehe nichts als Sie. Ich kann die Spitze meines Messers nicht mehr in die Iris einer Pupille stoßen, ohne daß mir Ihr wundervolles Auge vorschwebt. Meine Hand zittert, meine Gedanken verwirren sich, Ihr Name schwebt auf meinen Lippen, ich werde zerstreut, meine Schüler kennen mich nicht wieder.«

»So werden Sie mindestens wieder den Reiz der Neuheit für dieselben haben.«

»Sie scherzen«, sagte Friedrich, »und doch spreche ich ernsthaft über eine heilige, ernsthafte Empfindung. Wollen Sie mir die Güte erzeigen, mich anzuhören?«

»Mit wahrem Interesse für alles, das Sie berührt, lieber Friedrich!«

»So hören Sie! Ich habe Ihnen gesagt, daß ich einsam aufgewachsen bin, in Not und Arbeit, daß ich mir langsam und stufenweise den Weg gebahnt habe zu der Stellung, die ich jetzt einnehme und die mir bis vor wenigen Tagen genügte, all meinen Forderungen und Wünschen entsprach. Ich lebte ein ernstes Dasein mitten in dem Vergnügungswirbel und mitten unter dem wilden Lebensstrudel von Paris, ganz meiner Wissenschaft angehörend mit dem Geiste, ganz dem Volke mit meinem Herzen. Es war ruhig und friedlich in meiner Seele.«

Er hielt inne und schien zu erwarten, daß ich ihn unterbrechen würde, da ich dies nicht tat, fuhr er fort: »Mein Freund, Ihr Lehrer in der Chemie, lernte Sie kennen, und statt der ernsten Gespräche, die wir sonst auf unsern Promenaden, an unserm Kamin führten, trat Ihre Strahlenerscheinung zwischen uns. Ich ward begierig, eine Frau kennenzulernen, die im vollsten Glanze der Jugend und

Schönheit von den brillantesten Festen heimkehrt zu tiefsinnigen Forschungen an dem Schmelzofen. Mein Freund verschaffte mir die Gunst, Ihnen vorgestellt zu werden.«

Noch einmal unterbrach er sich, fuhr mit der flachen Hand über die Stirn und sagte dann, tief Atem holend, wie jemand, der einen entscheidenden Schritt zu tun bereit ist: »Ihre erste Erscheinung wirkte auf mich wie ein neuer Tag, wie ein neues Licht. Ihre aristokratisch hochmütige Weise stieß mich ab, beleidigte mein Selbstgefühl; ich hätte Sie fliehen und verabscheuen mögen, hätte nicht ein trügerisches Gefühl, das ich damals nicht erkannte, mir zugerufen: Bleibe, um die Hochmütige zu demütigen! Zeige ihr durch eine Einsicht in das All der Wissenschaft die große, geheimnisvolle Weltmacht, den Allgeist, vor dem ihr Hochmut so töricht ist wie das Revoltieren eines Insektes gegen die Weltordnung. Zeige ihr, daß sie deinesgleichen ist – denn das allein wollte ich, um Ansprüche machen zu dürfen an Sie.«

Ich fuhr empor, Friedrich bemerkte es und hielt mich zurück, indem er, vor mir hinkniend, meine Hände in den seinen festhielt.

»Unterbrechen Sie mich nicht«, sagte er mit einer Art von Heftigkeit, »es handelt sich hier nicht um eine flüchtige Deklaration. Ich stehe nicht als ein Bettler vor Ihnen, der um Ihre Gunst fleht, ich stehe als ein Mann da, als ein liebender Mann, der – selbst sehr leidend – unsägliches Erbarmen hat mit Ihnen und Sie retten möchte, weil er die Kraft der Liebe zu seinem Beistande hat.«

»Und wissen Sie, ob ich diesen von Ihnen anzunehmen geneigt bin?« fragte ich, während meine Seele in ungekannter Verehrung zu ihm emporblickte.

»Das müssen Sie, Gräfin! Ich würde versuchen, Sie dazu zu zwingen, weil ich Sie liebe.« – Er schwieg abermals und schien zu überlegen, dann sagte er: »Ich hielt Sie für kokett, für untergegangen in dem Schlammpfuhl niedriger Sinnlichkeit, die unablässig nach neuem Genusse jagt. Ich hatte von Ihrem Leben gehört, was man in den Salons und aus diesen in die Cafés berichtet. Man nannte mir die große Zahl Ihrer begünstigten Liebhaber – aber ich glaubte nicht mehr daran, als ich Sie gesehen hatte, mit Ihren Kinderhändchen, mit Ihrem edeln zarten Wesen, den Schrecken des Todes gegenüber Stich halten – als ich Sie gesehen hatte, wie Sie in dem

Ernste der Wissenschaft Trost und Ersatz suchten für ein Glück, welches das Leben Ihnen grausam versagte. Sie sind nicht schlecht, Gräfin! O nein, nein! Ein Engel sind Sie an Leib und Seele, aber Sie sind sehr unglücklich gewesen.«

»O namenlos, namenlos unglücklich!« rief ich aus, »einsam ohne Liebe und die Liebe suchend, *die* Liebe, die allein mich glücklich machen konnte, die ewig ekstatische, nimmer verglühende Liebe!«

Friedrich sah wie verklärt aus, er legte sich meine Hände über seine Schultern und umschlang meinen Leib mit seinen Armen. »Du armes, armes Kind!« sagte er selbst mit der spielenden Grazie eines Kindes, »ich ahnte es gleich, was du suchtest in den Herzen der Gestorbenen – du suchtest die Liebe! – Ach, meine Diogena! Mein holdes Engelsbild! Die Liebe ist nur in dem lebenden Herzen, denn die Liebe ist das Leben! Sieh, mein Engel, hier, hier, fühle es, da klopft die Liebe in meiner Brust zum ersten Male in meinem Leben. Sieh, hier ist ein Herz, in dem nie ein anderes Frauenbild lebte als das deine – hier ist ein unentweihter Altar – wohne hier, du Göttliche! Du, du allein und für ewig.«

Eine seltsame Wehmut überschlich mich. Friedrich war magnifique in dieser Ekstase, die den ernsten, ruhigen Mann wunderbar embellierte. Es schmeichelte mir, das erste Weib zu sein, das ihn die Gewalt der Liebe kennen lehrte; es freute mich, den stolzen Bürgerlichen vor mir knien zu sehen, und während mich die Hoffnung, er sei vielleicht der Rechte, in süße Emotion versenkte, beruhigte mich der Gedanke, daß ja auch all die andern exklusiven Gräfinnen sich ihrer Liaison mit einem Bürgerlichen nicht geschämt hätten. Vor allen Dingen aber gefiel er mir, und ich räsonierte mir dies alles nur vor, um mir die Regungen zu seinen Gunsten nicht einzugestehen. Indessen hielt ich es meinem Range angemessen, ihm den Sieg nicht zu leicht zu machen.

Ich machte mich sanft von ihm los und sagte, indem ich meine Rechte auf sein Haupt legte und mit der Linken sein Kinn in die Höhe hob, so daß ich ihm fest in die schöne blaue Iris seines treuen Auges sah: »Und wer bürgt Ihnen dafür, lieber Friedrich, daß ich überhaupt für Liebe sensibel, der Liebe kapabel sei?«

»O Diogena!« rief er mit dem Tone der vollständigen Konviktion.

»Sehen Sie, Friedrich! Ich war verheiratet, der Graf hat mich geliebt, Lord Ermanby, der Vicomte Servillier sind aus Liebe für mich gestorben, Fürst Callenberg betet mich an; ich habe sie alle zu lieben versucht, ich habe es nicht vermocht. Mein Herz ist tot geblieben und kalt, ich denke ihrer nicht mehr. Ich suche heute noch nach Liebe, nach der Liebe, die ich meine – und –«

»Und?« fragte Friedrich bebend und erbleichend.

»Ich hoffe, ich habe sie gefunden –«, lispelte ich leise und lehnte mich an ihn.

»O Gott des Himmels!« rief er und preßte mich mit glühender Leidenschaft an sich, mich mit seinen Küssen bedeckend.

Ach, es liegt ein eigentümlicher Charme in der Fülle unentweihter Liebe. Friedrichs Ekstase enchantierte mich, und während ich ihm immer und immer wiederholen mußte, daß ich noch nie geliebt, daß ich immer unbefriedigt, immer kalt gewesen sei, schwor er mit höchster Konviktion, jetzt würde ich lieben lernen, denn seine Liebe müsse mich erwärmen.

»Sieh, Diogena!« sagte er, »die Liebe ist ein ewig bindendes Gefühl, du mußt mein werden durch den Segen der Kirche, mein Weib, meine Hausfrau! Du mußt da sein, wenn ich müde bin von der Arbeit, mir zulächelnd, mich belebend; die Hebe, welche dem Hercules den Trank ewiger Jugend bietet. O Süße, willst du mein Weib sein?«

Ich war wie anéantiert. Von Ehe, von Heirat zu sprechen mir, der Gräfin Diogena, mir, der Nichte Faustinens, das war doch wirklich zu bürgerlich. Aber das ist der Fehler der Roturiers, sie sind materiell in ihren Begriffen, sie verlangen solide Possession, wohlhypothekiert ins Kirchenbuch geschrieben. Sie verstehen nichts von der Aisance unserer Liaisons, die wir binden und lösen nach unserm Ermessen. Was uns idealste Poesie scheint, ist ihnen profunde Depravation. Das ist ein großes Übel mit der Bourgeoisie. Ich bedachte mich einen Moment, was ich tun solle. Sagte ich ein dezidiertes Nein, so riskierte ich, Friedrich, mit seinen sogenannten moralischen Idealen, auf ewig von mir zu entfernen; und das wollte ich nicht, denn er gefiel mir, ich liebte ihn sogar auf meine Façon. Da fiel mir ein, wie sich Gräfin Ilda Schönholm, auch eine nahe Verwandte meiner Mutter, klug aus dem Embarras gezogen hatte, und als Friedrich mich noch einmal fragte: »Diogena! Willst du mein Weib sein? Mein treues, liebendes Weib?« antwortete ich wie jene:

»Ich will es versuchen! –

»Und wirst du glücklich sein? Wirst du mich lieben?«

»Ich will es versuchen!« antwortete ich wieder.

Friedrich ließ mich los und sah mich forschend an. »Diogena!« rief er, »mein Engel! Mein Kopf verwirrt sich, ich verstehe dich nicht. Was will es sagen, dies wunderbare: Ich will es versuchen? Und wie versucht man die Ehe? – O mein Engel, das ist ein häßliches, böses Wort – das sprach die kalte herzlose Gräfin, nicht du, nicht meine süße, schöne Geliebte!«

Friedrich war so ganz Glück, so ganz zum frohen Jüngling umgewandelt, daß er mich mit sich fortriß. Er schilderte mir die Seligkeit der Ehe, wie er sie sich bisweilen in seinen einsamen Reverien ausgemalt hatte, dies Du und du engsten Beisammenseins, paisibler Begrenzung, mit einer Liebe, mit einer Innigkeit, daß ich anfing, ein Penchant dafür zu fühlen und mich selbst danach zu sehnen.

»Oh«, rief ich, »mein Friedrich! Das, was du mir da schilderst, ist wohl schön, aber unerreichbar für die Gräfin Diogena, so sehr deine süße Geliebte sich danach sehnt. Sieh, mein Friedrich! An die Gräfin hat die Welt Ansprüche, ich habe die Gesellschaft zu menagieren, ich habe Egards zu nehmen für meine Position, die ich durch meine wissenschaftlichen Kaprizen wohl ein wenig kompromittiert habe, die Gesellschaft –«

»Ach, mein Engel! Wirf sie von dir, diese Sklaverei der Gesellschaft. Ich liebe nicht die Gräfin, ich liebe dich, du Geliebte! Komm, meine süße Diogena! Laß uns Paris verlassen, laß uns fortgehen von hier nach irgendeinem stillen Fleck der Erde, an dem niemand uns kennt, niemand unsere traute Einsamkeit stört. Willst du das, Liebe?«

»Mit tausend Freuden!« rief ich aus. Die Proposition war so originell bei unsern beiderseitigen Verhältnissen, daß sie mich um ihrer Originalität willen reizte. Friedrich verließ mich, um sich einen Urlaub zu erbitten, ich expedierte meine Visitenkarten mit dem offiziellen p. p. c. an alle meine Bekannten, ließ eine simple Toilette packen, befahl nur Rosalinden, sich zu meiner Begleitung parat zu halten, und verbot den Domestiken, den Fürsten, auch wenn er danach frage, über meine Abreise zu avertieren. Das anatomische Kabinett wurde geschlossen, die Studien in den toten Herzen der Kadaver fürs erste suspendiert, denn ich war entschlossen, noch einmal mit einem lebenden, liebenden Herzen zu experimentieren.

In den Emotionen des unerwarteten Glückes, der ersten Liebe, unter den Präparationen für unsere Abreise dachte Friedrich nicht mehr an das bürgerliche Amusement einer solennen Kopulation. Ich war sein, dies satisfaisierte ihn und machte ihn indifferent gegen die ganze übrige Welt.

Nach wenig Tagen saßen wir in meiner höchst komfortablen Kalesche, ohne Domestiken, nur Rosalinde mit uns. Dies gab ein wunderliches Dilemma; denn während ich mich über die bürgerliche Simplizität dieser improvisierten Reise divertierte, war Friedrich enchantiert von dem ungekannten Komfort, den er in einer eigenen Reiseequipage genoß. Ihn machte es glücklich, tausend kleine Dienste zu übernehmen, die sonst mein Kammerdiener mir leistete, und ich fand es süß, von seiner adorierenden Liebe bedient zu werden; so waren wir beide sehr heiter und animiert. Es war die angenehmste Zeit, deren ich mich erinnere.

Wir gingen von Paris nach Marseille, schifften uns für Neapel ein und durchwanderten die Inseln und Italien nach allen Distanzen. Friedrichs profunde Gelehrsamkeit bot ihm überall Stoff zu neuen Entdeckungen, die er vor meinem immensen Geiste niederlegte, wie ein anderer den duftenden Strauß an den Busen der Geliebten drückt. Meine divinatorischen Aperçus inspirierten ihn, und unter seinen heißen Liebesküssen diktierte er mir ganze Volumen voll tiefsinniger Forschungen, die seinen Namen auf die späteste Nachwelt tragen werden.

Dies Reisen, geteilt zwischen Liebe und Wissenschaft, hatte etwas wunderbar Ausfüllendes.

Ich ennuyierte mich nie, ich gewann Geschmack an einem laborieusen Leben bei rastlosem Reisen, die Existenz eines gelehrten Touristen kontentierte mich so sehr, Friedrichs Liebe war so ungeheuchelt frisch und warm, daß ich in der Tat nicht daran dachte, ob ich ihn liebe oder nicht. Ich fragte mich nicht, was empfindest du? Ich ließ mich in diesem passiven *bien-être* gehen.

Indes Friedrich fand, nachdem, mir selbst ein Mirakel, dies Touristenleben mehr als ein Jahr gedauert hatte, ohne mich zu ennuyieren, diese Art der Existenz unbefriedigend. Er verlangte nach einem festen Domizil, er wollte wieder ein bürgerliches Glück und häusliche Ruhe. Mich in Paris in bürgerlicher Glückseligkeit als Frau Professor zu etablieren, wäre ein Heroismus gewesen, dessen ich mich nicht kapabel fühlte. Mir bangte davor, Personen meines Kreises während dieses bürgerlichen Idylls zu begegnen, obschon es mich noch immer merveilleusement kontentierte. So schlug ich Friedrich vor, nach Pisa zu gehen und sich dort um die vakante Professur der Anatomie bei der Universität zu bewerben.

Friedrich fand die Idee zusagend, meldete sich zu dem Amte und erhielt es, da sein Ruf bereits ein europäischer war. Nach wenig Wochen war ein stilles Haus an dem Katharinenplatze gemietet, und ich hauste darin mit Rosalindens Beistand, unter dem Titel der Frau Professorin. Aber nach dem Eintritte in dies Haus ging ein veritables Changement mit Friedrich vor.

Er zeigte Collegia an, es meldeten sich Zuhörer, sein Auditorium ward das frequentierteste. Das spornte seine Ambition, er fing an, rastlos zu studieren, er operierte und sezierte den ganzen Tag. Ich fand es horribel, es langweilte mich tödlich, und ich konnte nicht umhin, mich darüber zu beklagen.

Wenn ich in dem stillen, toten Pisa die langen Tage allein zugebracht hatte, so erschien Friedrich am Abende, strahlend vor Satisfaktion über irgendein Problem, das er in Bezug auf die Blutkügelchen oder die Nervenphysik decouvriert hatte. – Mit komischer Konsequenz wollte er mich bereden, ich müsse ein Interesse dafür haben, weil ich einst selbst hätte Anatomie studieren wollen. Er begriff nicht, daß man aus bloßer Kaprize sich für eine Wissenschaft portieren könne, daß man sie kultiviere, um sich zu desennuyieren, und sie abandonniere, wenn sie diesem Zwecke nicht mehr entspreche.

Es tat ihm leid, mich dafür indifferent zu sehen, und er bot die ganze Gewalt seiner Liebe auf, die Wolken der Unzufriedenheit, der Ermüdung zu bannen, die anfingen, sich über meine immense Seele zu lagern. Aber auch dies gelang nur temporär. Ich hatte seine Liebe nun durch mehr als fünfzehn Monate genossen, sie war immer dieselbe, immer ernst und mild, bisweilen feurig und überwältigend, aber das alles kannte ich nun *à fond*.

Ich regrettierte, diese herannahende Ermüdung nicht kaschieren zu können, ich wollte es ernstlich, es mißlang. Naturen wie die meine können nicht heucheln, es gibt einen Grad des Egoismus, der die Heuchelei unmöglich macht, weil er in wahnsinniger Verblendung sich ein despotisches Recht der Selbstbefriedigung zugesteht und nicht einmal die Milde hat, das Unrecht mit möglicher Schonung zu tun.

Eines Abends saß ich auf dem Balkon unsers Hauses und sah hinaus durch das Laub der dichten Bäume vor unserm Fenster, auf den Platz. Einige Kinder spielten daselbst, es war sehr still. Friedrich kam von der Anatomie nach Hause, er war müde und lehnte seinen Kopf an meine Schulter, um zu ruhen, während sein Arm mich umschlang. Es war ein heißer, sciroccoschwüler Abend, und nach wenig Minuten fühlte ich, daß Friedrichs Haupt schwer und schwerer auf meiner Schulter wurde. Er war eingeschlafen.

Eine Träne trat mir in die Augen, ich fühlte mich tief degradiert. So weit war ich gesunken, daß ein bürgerlicher Professor es wagte, einzuschlafen in meinen Armen, in den Armen der Gräfin Diogena. Mit prächtiger Indignation sprang ich empor. Friedrich fuhr auf wie elektrisiert.»Was gibt es, Diogena!« fragte er erschrocken.

»Oh, nichts, eine Kleinigkeit!« sagte ich kalt,»die Gräfin Diogena wird es müde, dem Professor Friedrich Wahl in Sklavendiensten zu huldigen.«

Friedrich sah mich ganz bewildert an und sagte:»Ich verstehe dich nicht, meine Diogena!«

»Du wirst es begreifen, wenn ich dir sage, daß du an meiner Seite eingeschlafen bist.«

»Dann war ich sicher sehr müde.«

»Nicht müder, als ich es bin, dergleichen zu ertragen.«

»Aber mein holdes Leben!« rief Friedrich, der jetzt erst zu bemerken schien, daß ich wirklich irritiert sei,»wie oft hast du an meinem Herzen geschlummert, und welch ein Glück ist mir das gewesen. Mit welch andächtiger Liebe habe ich dein Köpfchen an meine Brust gedrückt und die sanften Atemzüge deiner Lippen belauscht; wie kannst du zürnen, wenn ich einmal ausruhe an dem Herzen meines Weibes! Du törichtes, liebes Kind!«

Friedrich wollte mich umarmen, aber ich ließ es nicht zu.»Ich mag wohl unverständig sein, lieber Friedrich!« antwortete ich,»aber ich will dir bekennen, daß mir unsere ganze Lebensweise anfängt, *au suprême degré* zu mißfallen. Wir kommen ganz in die bequemen Allüren der Ehe hinein, das ist ein Horror. Du tust, als hättest du positive Rechte an mich –«

»Diogena!« rief Friedrich, »und habe ich die nicht?«

»Und wodurch?«

»Du redest irre, Diogena!« rief Friedrich und faßte meine Hand. »Wodurch? Und bist du nicht mein Weib? Hast du nicht liebend dich mir zu eigen gegeben mit heißen, flammenden Worten? Bist du nicht mein geworden seit fast zwei Jahren, mein ganz und gar, so daß ich des Kirchenbundes nicht mehr begehrte, weil ich es empfand, es konnte dessen nicht mehr bedürfen? Ich liebe dich, ich bin dir eigen mit Seele und Leib in treuester Hingebung, und du kannst fragen, wodurch ich ein Recht habe an dich? Du kannst das fragen, das liebende Weib?«

»Friedrich!« sagte ich – und zum ersten Mal im Leben empfand ich einen tödlichen Schmerz bei diesen Worten, denn ich wußte, daß ich ein vergiftetes Stilett drücke in sein Herz – »Friedrich! Ich mag dich nicht täuschen, ich liebe dich nicht mehr!«

Er erblaßte, trat einige Schritte von mir zurück und stand da in starrer Versteinerung. »Kann man denn aufhören zu lieben?« sagte er, wie jemand im wüsten Traume nach dem Unmöglichen fragt –, »kann man denn aufhören zu lieben, was man geliebt hat, wie ich dich?«

»Oh«, rief ich, »ich glaube, ich habe dich niemals geliebt. Vergib mir, mein Friedrich! Du weißt es, ich kann wohl nicht lieben. Du kennst das Herz, das anatomische Herz in seinen geheimsten Verzweigungen, mein Herz ist dir ein Mysterium geblieben, es ist eben unergründlich, dir, mir selbst ein Rätsel. Du hast gewähnt, deine Liebe, eheliches Glück könne mir genügen, aber – mein Friedrich, ich bin ja kein gewöhnliches Weib, keine gewöhnliche Frauennatur. Oh! Ich wußte es wohl, als ich es dir sagte: Ich will es versuchen, dein Weib zu sein; ich wußte, ich könne die tödliche Dauer der Ehe nicht ertragen, die vehemente Impetuosität meines Wesens revoltiert gegen die Dauer, gegen die unwandelbare Treue.«

Friedrich sah mich an, als sei die Welt im Versinken begriffen, und sagte tonlos: »Diogena! Ein Weib, das sich einem Manne zu eigen gibt ohne den Vorsatz wandelloser Treue, ist elend.«

»Oh!« rief ich mit allem prächtigen Stolze meines aristokratischen Bewußtseins, »so urteilst du, befangen in blödsichtiger Bürgerlichkeit. Die Treue ist Borniertheit, ich bin unbegrenzt, *meine* Untreue ist sublim, ist göttlich. Was du Wankelmut nennst, ist die erhabene Forschungslust des Adepten, der rücksichtslos das letzte Geldstück, welches die Seinen vor dem Hungertode retten sollte, seinem Schmelztiegel übergibt, um den Stein der Weisen zu finden, den er so wenig kennt, als ich das Herz, die Liebe, den Mann, den ich suche. Wir glauben beide an die Existenz eines Unmöglichen, eines Mirakels, und wir müssen es suchen, bis wir es finden.«

»Diogena! Ich glaubte an dich, ich liebte dich, du brichst mir das Herz!«

»Ich darf die Opfer nicht achten, die es mich kostet«, sagte ich, »denn auch ich leide in diesem Momente. Oh, ich leide sehr!« rief ich und fing zu weinen an.

Als Friedrich meine Tränen sah, stürzten auch die seinen unaufhaltsam hervor. »Diogena!« sagte er, »meine ganze Liebe war dein, ist dein, und das genügt dir nicht?«

Ich war gerührt, nahm mild seine Hand und sagte.»Mein Friedrich! Du bist der erste Mann, den ich beklage, weil er mir nicht genügte. Aber sieh, ich kann nicht anders! Deine Liebe bleibt sich ewig gleich, ist immer dieselbe, gewährt ein ruhig Glück. Das habe ich nicht gewollt. Ich verlange eine göttliche Anbetung in täglich neuer Form, ich verlange täglich neue, gesteigerte Glut, ich verlange vielleicht Unmögliches – aber das Mögliche widert mich an. Ich weiß, ich bin eine Titanennatur, ein weiblicher Faust, was kann ich dafür, daß ihr nur Männer, nur Menschen seid. Schaffe mir einen Halbgott, ich will ihn lieben und treu sein – wenn ich es kann.«

»Diogena, um Himmels willen! Ein Fieberwahnsinn umnebelt deine Seele, so kann kein Weib reden zu dem Manne, dessen Herz ihr Bild in sich schließt, dessen Gattin sie geworden. Du bist krank, meine Diogena!«

Ich hielt ihm ruhig meine Hand hin und sagte:»Fühle die gleichmäßigen Pulsschläge meines Blutes, ich bin nie ruhiger gewesen als in dieser Stunde.«

»Dann sei Gott dir gnädig in deiner wahnsinnigen, kalten Verblendung«, rief Friedrich und stürzte hinaus.

Ich blieb allein zurück, grandios in meinem Bewußtsein, mich von diesem bürgerlichen Despotismus befreit zu haben. Friedrich kehrte am Abende nicht zurück. Ich befahl Rosalinden, meinem Kammerdiener nach Paris zu schreiben, daß er mein in Florenz warten solle, ließ packen und verließ Pisa noch in der Nacht, entschlossen, mich durch neue Reisen von der Fatigue dieses Stillebens zu erholen.

Drittes Buch

Mein gewöhnliches Reiseleben nahm denn nun wieder seinen Anfang. Schon in Venedig traf ich den Fürsten, der in Paris durch meinen Kammerdiener erfahren hatte, daß ich mich von Friedrich getrennt habe und wieder reisen würde. Diesen Zeitpunkt hatte er abgewartet, um mir aufs neue seine Dienste anzubieten, die mir sehr willkommen waren. Ich liebte ihn nicht, aber ich war gewöhnt an ihn, ich hatte sogar eine Art von Vorliebe für ihn bekommen, und seine Zufriedenheit war mir nicht indifferent.

Ich klage ihm, wie ich, wieder um eine Illusion ärmer geworden, jetzt reisen müsse ohne Unterbrechung, bis ich den Rechten entdeckte, und bat ihn, mir seine Begleitung zu gönnen, da ich vielleicht gezwungen sein könnte, meiner Recherchen wegen Europa zu verlassen. Er war bereitwillig dazu wie immer. Es lag etwas wahrhaft Chevalereskes in dieser Beharrlichkeit, das ich sehr estimierte.

Wir durchstreiften noch einmal Italien, Frankreich, Deutschland, damit vergingen einige Jahre; ich machte einen Reiseversuch nach Norden, aber vergebens! – Die Herzen der Skandinavier sind von einer impatientierenden Kälte, ich fühlte, dies sei kein Feld für meine Bestrebungen, und drehte bald wieder um. Wir gingen nach Rußland und England; aber Länder, in denen die Männer aus Zärtlichkeit ihre Frauen züchtigen und aus Überdruß mit einem Stricke um den Hals verkaufen, hatten keine Reize für mich, boten mir keine Hoffnung auf Succès. Ich war förmlich decouragiert. Ich sah bleich und leidend aus, meine Kräfte waren usiert, meine Nervosität nahm zu, und meine Lebensgeister waren dermaßen deprimiert, daß der Fürst, von diesem *état de langueur* das Ärgste befürchtend, mir einen dezidierten Wechsel von Klima und Zuständen proponierte, um mich neu zu animieren.

Wir gingen durch die Türkei und Griechenland nach dem Orient. Oh, welche Sympathie flößte er mir ein. Nie, niemals hatte ich zwischen Himmel und Erde etwas gefunden, das mir mit meiner Seele zu korrespondieren geschienen hätte, nie ein Emblem für meine Seele entdeckt. Jetzt lag es vor mir da.

Ja, die Wüste war das Bild meiner Seele! Immens, leer, von glühendem Sonnenbrande verdorrt, tödlich dem Pilger, der sie glaubensvoll betritt, und dessen Dasein spurlos verlöschend; ohne Blüte, ohne Erquickung für den Menschen, voll trügerischer Phantome, die ihn verlocken, um ihn zu vernichten. – Oh, die unabsehbare Wüste war das Bild meiner immens leeren Seele!

Ich warf mich auf den Boden nieder, ich küßte die glühende Erde, ich fühlte mich in meiner Heimat. Die Nomaden, die heute hier und morgen dort das luftige Lager etablieren, wie homogen waren sie meinen eignen Allüren, wie ähnlich ihr Leben dem zigeunerhaften Umherziehen der großen Welt, das so sehr *bon genre* ist. Der Orient entzückte, inspirierte mich, die wunderbaren urtypischen Männernaturen imponierten mir. Indes hier konnte ich nicht einmal zu suchen wagen, weil bei der mohammedanischen Unkultur der Geister auf jene Blüte des Seelenlebens gar nicht zu rechnen war, die ich als Resultat erstrebte.

Eines Abends hatten wir unser Lager bereits wieder etabliert, die Kamele waren abgezäumt und ruhten in der Nähe meines Zeltes, der Kawaß ging geräuschlos hin und her, die Zurüstungen für unser Souper zu machen. Ich lag auf meinen Polstern, der Fürst hielt an der Türe Wache. Rund um uns her waren die Feuer angezündet, in deren roter Beleuchtung die Burnus der Araber erglänzten, welche unsre Eskorte bildeten. Der Himmel mit seinen goldenen Sternen ruhte wie ein superber Baldachin über uns, und nichts unterbrach die sublime Stille als das Heulen der Schakals.

Der Ton drang mit terribler Gewalt in meine Seele. – So, gerade so rief es oft wild, klagend und furchtbar in der Wüste meiner Seele nach dem Rechten – und ich fand ihn nicht. All diese Reisen waren ja nur Versuche, ihn zu finden, mein Leben epanchierte sich in diesen Versuchen, ich hatte nur Distraktionen, nur temporäre Okkupationen gefunden und jetzt seit Jahren mich einer Art von Indolenz ergeben, die aus gänzlicher Verzweiflung entsprungen war. Hier in der Wüste, in der sublimen Stille der Nacht, ward mir urplötzlich wieder der Glaube an die intensive Macht meines Naturells und der Vorsatz rege, noch einmal das Werk zu beginnen. Das Andenken des edeln Robert Bruce schwebte vor meinem Geiste, der durch eine den zerrissenen Faden immer neu knüpfende Spinne zu perseverierender Tatkraft angespornt wurde, nachdem er schon förmlich decouragiert gewesen war.

Ich nahm die ganze Energie des Geistes zusammen und fragte mich, was bleibt mir jetzt zu tun? Die christlich europäische Zivilisation, die orientalische Polygamie sind es nicht, welche den Gottmenschen der Liebe hervorbringen, den ich finden muß. Europa entnervt durch Luxus und macht kalte Raisonneurs aus den Männern, die philosophieren, von Prinzipien schwatzen, Ansprüche machen, wo man nur das Nieendliche empfinden soll. Der Orient, der Mohammedanismus stehen auf dem tiefsten Punkte der Entsittlichung, denn das Weib, dieser Mittelpunkt der Kreation, ist Sklavin der männlichen Willkür, wie der Mann es sein sollte der weiblichen Kaprize. Es muß einen normalen Zustand geben, sagte ich mir, der, unberührt von der Zivilisation, eine naturgemäße Position der Geschlechter gegeneinander zeigt; in diesem normalen Zustande allein kann sich der Kulminationspunkt der Liebe präsentieren. Es lag in meinem Charakter neben aller Eleganz der Weltfrau ein gewisses sauvages *je ne sais quoi*, das mir immer die Cooperschen wohlgewachsenen, durch die Liebe dressierten, noblen Wilden interessant machte. Ich glaubte nicht daran, daß sie ausgestorben seien; ich hoffte noch einen Deszendenten dieser edlen Rasse zu entdecken, ich ahnte, in ihm könne ich den Rechten finden.

Wie ein Lichtstrahl fiel dieser Gedanke in meine Seele. Ich rayonnierte von der animierenden Hoffnung und rief den Fürsten, um ihm meine Ideen mitzuteilen. Als der Fürst aufstand und mich erblickte, sagte er, ganz bewildert von dem neuen Leben, das aus der sammetweichen Iris meines Auges strahlte: »Aber, meine Gräfin! Was haben Sie begonnen, Sie sehen aus, als hätten Sie aus dem Quell der Jugend getrunken, Sie sind wieder die blendende, faszinierende Diogena, die ich zuerst in Baden-Baden erblickte. Das sind nun doch fast zehn Jahre her.«

Das Entzücken des Fürsten freute mich, aber seine letzte Äußerung machte mich pensive. Zehn Jahre! Ein Decennium rastloser, vergeblicher Anstrengungen – oh, welch ein trauriges Los war mir geworden! Ich gestand mir, daß ich siebenundzwanzig Jahre alt, daß ich nicht fern von der äußersten Grenze der Jugend sei. Das dezidierte mich, um so schneller an die Realisierung meines Planes zu gehen.

Ich setzte ihn dem Fürsten auseinander, er hatte Kapazität genug, ihn zu begreifen, obgleich er ihm nicht vollkommen angenehm war. Indessen mir zu folgen, war seine Vokation, wir erkannten es beide dafür und ließen die Kamele am nächsten Morgen auf der Straße nach Kairo retournieren.

Wir durchflogen Meere und Länder, nichts reizte mich mehr, ich hatte ja schon alles gesehen, und oft kam mir Lord Ermanby's Ausspruch in den Sinn,»man kann ja nicht immer wieder von Neuem anfangen zu bewundern«. In kürzester Zeit erreichten wir Deutschland und den Rhein. Die Anwesenheit eines Monarchen hatte die ganze schöne Welt an seinen Ufern versammelt. Eines Tages saßen wir in Koblenz an der *table d'hôte*, der Fürst und ich. Plötzlich sehe ich den Erstern erbleichen und höre, wie er sich bei dem Kellner erkundigt, ob keine andern Plätze für uns zu haben wären.

»Und was mißfällt Ihnen hier an diesen, lieber Fürst?« frage ich graziös lächelnd.

»Oh, ich meine wegen des *vis-à-vis*!« entgegnete er verlegen.

Ich nahm mein Lorgnon und blickte hinüber, da saß Graf Bonaventura, mein Mann, mit Aurora Elsleben, die er geheiratet hatte, wie ich wußte. Bonaventura schien überrascht und bewegt; Aurora war in sichtlicher Unruhe, man sah beiden die Emotionen ihres Innern an. Mich ließ es ganz kalt. Ich dachte an das Begegnen von des Fürsten Mutter, Gräfin Cornelie, mit ihrem frühern Geliebten Lenor Brand, und richtete mein Lorgnon, als ob es gleichgültige Bekannte wären, freundlich grüßend fest auf die mir Gegenübersitzenden. Und in der Tat, was ist uns ein Mann, den wir nicht mehr lieben? Warum haftet man an Impressionen des Herzens mit so ridiküler Konsequenz? Männer sind für Frauen meines geistigen Ranges Mittel, sich durch die Langeweile des Lebens zu kämpfen. Wer aber ist töricht genug, ein Ding festhalten zu wollen in der Pietät des Andenkens, das ihm nichts mehr ist, weil er einmal glaubte, es könne ihm etwas sein? Dies sind Schwächen kleinlicher Naturen, die mir vollkommen fremd sind.

Das Ehepaar war nicht auf dieser Seelenhöhe. Sie hielten kaum die Hälfte des Diners aus und entfernten sich. Der Fürst atmete auf. »Meine Gräfin!« sagte er, »wie froh bin ich, daß der Graf sich entfernte, ich litt für Sie.«

»Zu gütig!« rief ich lachend, denn ich befand mich vortrefflich und hatte niemals bessern Appetit.

»So quälte Sie die Anwesenheit Ihres Mannes nicht?«

»Sie war mir lästig, als er noch mein Mann war, jetzt ist sie mir indifferent. Lernen Sie doch endlich die Göttlichkeit meiner Natur begreifen. Ich behalte alles, was mir schmeichelt, ich ignoriere alles, was mir unbequem ist. Ich lebe nur im Moment, und die Vergangenheit versinkt spurlos in die Eisschluchten meiner immensen Seele, wie die unglücklichen Bergsteiger in den Eisspalten der Gletscher. Das ist der Vorzug einer immensen Seele.«

»Und das wird auch mein Los sein?« fragte der Fürst.

»Oh, gewiß! Wenn ich Sie nicht mehr brauche, wenn ich einen Remplaçant für Sie habe, ohne Zweifel!« rief ich mit entzückender Naivetät.

Der Fürst schien nachdenklich, aber ein süßer Blick meiner sammetweichen Augen verscheuchte seine Launen, und er blieb wie immer befriedigt unter dem Lächeln meiner Huld.

Wir fuhren den Rhein hinab und schifften nach London über, wo wir einen längern Aufenthalt machen mußten, uns für die projektierte Exkursion nach Nordamerika zu arrangieren. Ich kaufte eine neue Equipage, auf deren Türe statt des Wappens mein Emblem, die trostlose Wüste, gemalt war. Oben über dem Wagen war von Gold die Laterne des Diogenes, meine Laterne, angebracht, die ich aus einer gewissen Superstition von jetzt an brennend zu erhalten beschloß. Ich ließ mir und dem Fürsten passende Kostüme machen, und dann schifften wir uns auf dem »Great-Western« ein.

Während der ganzen Reise verhielt ich mich absolut passiv, wie ein königlicher Tiger, der ruhig daliegt, bis die Zeit gekommen ist, in der er sein Opfer zu erreichen hoffen darf. Ich las alle Cooperschen und Sealsfieldschen Romane, um die Sitten der Wilden kennenzulernen, studierte die Sprache der Delawaren und lernte alle

Reden auswendig, welche Parthenia in Halms mirakulösem »Sohn der Wildnis«, dem Tektosagen-Häuptling Ingomar, hält.

So vorbereitet landete ich in New York und trat meine Exkursion in das Innere an. Man muß jetzt in Amerika lange reisen, ehe man Wilden begegnet; die Welt ist terribel zivilisiert, nirgend mehr ein Zug lieblicher Sauvagerie. Als wir bis zu den Grenzen der von Europäern bewohnten Gegenden gekommen waren, ließ ich meine Equipage in einem der Blockhäuser und veränderte mein Kostüm in der Weise, daß es dem der Myrrha im unterbrochenen Opferfeste einigermaßen nahe kam. Der Fürst legte ein bequemes Jagdkleid an, nahm ein Paar Pistolen, eine Flinte und ein Seitengewehr mit sich, und so gingen wir, von einem Führer geleitet, den Urwäldern zu.

Als ich im Blockhause zum letzten Male in den Spiegel schaute, mußte ich mir selbst bekennen, daß ich unwiderstehlich sei. Ich sah vollkommen wie eine indianische Squaw aus, ins Deutsch-Aristokratische übersetzt. Denn selbst in der leichten Bemalung meines Körpers, die aus lauter kleinen, wunderlich verschlungenen Laternchen bestand, in dem Federschmuck meines Hauptes, in meinen Fuß- und Armspangen wie in den Mokassins, welche der erste Schuhmacher Londons gearbeitet hatte, lag die ganze reizende Nonchalance einer nobeln Gräfin. Ich trug einen Plaid, den ich für alle Fälle mitgenommen hatte, einige Bouillon-Tafeln und verschiedene Konfitüren in einem Körbchen an dem rechten Arme. In der Linken hielt ich die brennende Laterne.

Es war hoch am Tage, als das flache Land, die fetten Wiesengründe zwischen den Flüssen sich in Waldungen zu verwandeln anfingen. Die Erhabenheit dieser Urwälder wirkte gewaltig auf mich. Riesenbäume verschlangen liebend ihre Äste zu einem festen Dache, Blumen rankten sich daran empor und hingen wie Sterne von den höchsten Zweigen hernieder. Ein Teppich von weichem Moose bewegte sich elastisch unter meinem federleichten Tritt. Einzelne Vögel wiegten sich in ruhiger Sicherheit auf den Ästen, und ein wunderbarer Duft voll entzückender Frische wehte durch die Luft.

Niedergeworfen von dieser Erhabenheit, sank ich in das Knie; unwillkürlich falteten sich meine Händchen zum Gebete, und auf Delawarisch sagte ich: »O du mein Gott, der du jeder Kreatur das

Glück der Existenz gewährst, der du jedem Tiere ein Genügen gönnst, du wirst ein Auge haben für eine Gräfin aus einem alten Hause, du wirst ihr geben, was sie bedarf, ein immenses, nie dagewesenes Glück für ihre immense Seele! – Oh! Es wäre unbarmherzig, es wäre ein immenses Unrecht an meiner Seele, könntest du es mir versagen.«

Ich erhob mich, neugestärkt durch die Konviktion der Erhörung. Ich war froh geworden und harmlos wie ein Kind. Ich fand die neue Position entzückend und sah mit klopfendem Herzen dem ersten Wilden entgegen. Unser Führer, der seit Jahren Handel trieb zwischen den letzten Blockhäusern und den ersten Wigwams, berichtete uns, daß wir uns einem solchen näherten.

Als es dunkel ward, hörte ich plötzlich einen leisen Ton, als ob ein scheues Reh durch die Zweige schlüpfe. Der Führer gab ein Zeichen durch eigentümliches Pfeifen, ein ähnlicher Laut antwortete ihm, und wie aus der Erde hervorgezaubert, stand die Gestalt eines Kriegers vom Delawarenstamme vor uns.

Ich hob die brennende Laterne in die Höhe und nahm mein Lorgnon, das ich natürlich nicht zurückgelassen hatte, um ihn zu beobachten. Es war eine Gestalt wie ein jugendlicher Antinous aus rotem Granit. Schwarze ruhige Augensterne tauchten aus der weißen Iris mit mirakulöser Intensität hervor, die Nüstern seiner Nase hoben sich aristokratisch stolz, wie bei einem jungen Schlachtrosse; ich sah, ich hatte keinen gemeinen Krieger, ich hatte einen Häuptling vor mir. Da er fühlen mochte, daß ihm von uns keine Gefahr drohe, hielt er sich ruhig und erwartete die Anrede unsers Führers.

»Warum ist Cœur de Lion nicht bei seinem Volke im Wigwam, sondern einsam streifend zu dieser Stunde?« fragte der Führer.

»Weil die Blaßgesichter ihm den Frieden an seinem Feuer genommen haben, weil ihre Habsucht ihm das Land seiner Väter mißgönnt.«

»Aber das Kriegsbeil ist begraben«, sagte der Führer.

»Die Blaßgesichter wissen, wo es liegt, und können es ausgraben zu jeder Stunde. Was wollen der Jäger und die weiße Squaw in dem Schatten dieser Wälder?«

»Sie wollen wandern durch das Land der Delawaren hinab zu den großen Seen, und haben die Kleidung der roten Leute angelegt, zu zeigen, daß sie in friedlicher Absicht kommen.«

Cœur de Lion sah uns prüfend an, die Waffen des Fürsten schienen ihm Zweifel zu erregen; da legte ich mich in das Mittel und sagte delawarisch: »Ist Cœur de Lion kein Sohn seines Volkes, daß er einem müden Weibe das Blätterlager und das Feuer seines Herdes versagt, wenn sie ihn darum bittet?«

»Komm!« rief er, »und folge mir! Du hast die Haut der Blaßgesichter, aber deine Zunge redet unsere Sprache, und deine Augen sind flammend und nächtlich dunkel, wie die großen Sterne am

Himmel der Nacht. Laß die Männer zurück, und du sollst mit mir gehen zu dem Wigwam unseres Volkes in das Zelt unserer Weiber.«

Der Fürst hatte ein zauderndes Bedenken, ich war ohne alle Apprehension. Mit voller Zuversicht sagte ich Cœur de Lion, er möge vorgehen und ich wolle ihm folgen. Dieses Vertrauen schien ihn stolz zu machen. Er stieß jenes eigentümliche »Hugh« aus, mit welchem die Indianer alle ihre Emotionen bezeichnen, und ging vor mir dem tiefen Walde zu. Aber kaum waren wir einige Schritte gegangen, als mir glücklicherweise einfiel, daß mein *sale volatile* und meine Nagelbürste in dem portativen Necessaire des Fürsten geblieben waren. Ich drehte also um, es mir zu holen, und schritt dann mit meinem Begleiter ruhig und anfangs schweigend vorwärts.

Es waren mysteriöse Sensationen, welche durch meinen Geist wogten. Tiefe Nacht und tiefe Stille lagerten sich über die Erde, nicht einmal unsere Fußtritte waren hörbar auf dem weichen Moose. Durch dichtes Gesträuch führte mich Cœur de Lion mit einer Sicherheit, als ob wir im Bois de Bologne spazierten. Vorsichtig bog er jeden Zweig zurück, der mich hindern konnte, und blickte mich an, als wolle er sehen, ob ich nichts entbehre. Ich hatte im Cooper gelesen, daß die Indianer die Schweigsamkeit auf Märschen estimieren, und richtete danach mein ganzes Maintien mit jener vornehmen Entschlossenheit ein, die eigentlich ein angeborenes Zeichen der Aristokratie ist. Dies imponierte dem jungen Häuptlingssohne, denn daß er dies wirklich war, hatte der Führer uns mitgeteilt.

Wir waren wohl schon anderthalb Stunden gegangen, mich fing zu dursten an und ich verzehrte heimlich etwas *chocolat praliné*, als der Delaware sich umwendete. »Die Füße der weißen Frau sind klein, und der Weg ist lang«, sagte er, »wird ihre Kraft reichen, sie bis zum Wigwam zu bringen?«

»Wenn der Häuptling die Straße sieht in der Dunkelheit der Nacht, daß er die weiße Frau nicht irre führt, so soll ihre Kraft die Squaws seines Volkes beschämen.«

»Der Delaware kennt seine Straße, und die Augen der weißen Frau können sie ihm leuchten, denn sie sind hell!« entgegnete er.

Mein Herz klopfte in vorahnender Freude. Oh! Dies war eine Erhörung meines heißen Gebetes. Gleich in dem ersten Wilden, dem wir begegneten, sandte er mir den Ersehnten entgegen. Die Zeichen konnten nicht trügen. Warum war es ein Fürst seines Volkes, der an jenem Abende die Wacht in den Wäldern hielt, wenn ihn nicht ein günstiges Geschick in meinen Weg schicken wollte! Ja, nur die ungebrochene Kraft des Männerherzens konnte die Blüte der Liebe erzeugen, die ich suchte. Wohl war ich Friedrichs erste Liebe gewesen, wohl hatte er mir die frische Glut seines Herzens geweiht, aber nur sein Herz war mein. Sein Geist gehörte nicht mir allein, es lebte noch etwas in ihm außer mir, er hatte Erinnerungen, Intensionen, Pläne, die nicht mit mir zusammenhängen. Das war ein Malheur. Dieses Delawaren Seele war rein, ein leeres Blatt, ein großer Tempel, auf dessen Altar nur die Gottheit fehlte – er war es wert, in seiner frischen Naturwüchsigkeit, das Bild Diogenens allein in sich aufzunehmen.

In tiefer Mitternacht langten wir vor dem Wigwam an. Einzelne Feuer brannten umher, die Wölfe fernzuhalten. Das rote Licht der Flamme beleuchtete magisch die dunkeln, grünen Baumhallen, die Zelte sahen wie davon vergoldet aus. Ein leiser Anruf der Wachen, und wir schritten in das Lager ein.

Cœur de Lion führte mich an eines der größern Zelte, hob das Bärenfell empor, das davor herunterhing, und hieß mich eintreten. Er schritt mit einer brennenden Kienfackel neben mir und schickte die anwesenden Weiber und Kinder hinaus. »Hier ist die weiße Frau sicher wie in dem Hause ihres Vaters«, sagte er, steckte die Fackel zwischen das Laubgeflecht der Innenwand und wollte sich entfernen.

Dies war gegen meine Erwartung. Ich gestand ihm, daß ich lange keine Speise erhalten hätte und daß ich deren bedürfte. Er ging hinaus und kehrte bald mit einem gerösteten Rehrücken, einem Kruge Wasser und einer Flasche Arrak zurück.

In dem Hintergrunde der Höhle befand sich ein duftiges Lager von frischem Sassafras, auf dem ich mich niederließ. Draußen um das Zelt hatten sich indes eine Menge neugieriger Männer und Weiber versammelt, die nur durch die Autorität des Cœur de Lion von dem Eintreten zurückgehalten wurden.

Ich nötigte den jungen Häuptling, sich neben mich niederzusetzen und dies frugalste aller Soupers mit mir zu teilen. Er tat es, und ich versuchte ihm geistig näher zu treten, während wir aßen.

»Warum kehrt keine der Frauen zurück, die weiße Frau zu begrüßen unter dem Wigwam ihres Häuptlings?« fragte ich.

»Cœur de Lion hat keine Frau, und auch die Frauen seines Vaters sind tot. Seine Mutter ist heimgegangen in die Wohnungen des großen Geistes, und die andere ist getötet worden, weil sie ungehorsam war den Befehlen ihres Mannes.«

»Und der junge Häuptling hat keine Totenklage für sie? Er hat keine Liebe für sie?«

»Was ist das, Liebe?« fragte er, während er mit mirakulöser Gourmandiese die Knochen des Rehes benagte.

Diese Frage elektrisierte mich. Sie war das Stichwort, das Zentrum aus Halms »Sohn der Wildnis«, und mit Parthenia antwortete ich sogleich:

»Zwei Seelen und ein Gedanke,
zwei Herzen und ein Schlag!«

Ich hatte von dem Herzensinstinkt des Häuptlings erwartet, daß er nun wie der Tektosage Ingomar weiter mit Fragen über dies interessante Sujet in mich dringen werde, aber so war es nicht. Ach! Das Leben bleibt überall hinter unsern gerechtesten Prätensionen zurück. Der junge Wilde sah mich ganz bewildert an, schlang ein horribles Stück des Rehes hinunter und trank die Hälfte des Arraks dazu.

Aber ich wollte mich nicht decouragieren lassen, obgleich diese Ferocität des Jünglings mir so degoutant erschien, daß ich zu meinem *sale volatile* meine Zuflucht nehmen mußte; galt es doch die Entwickelung einer primitiven, nobeln Natur zu unserer beider höchstem Glück.

»Hat Cœur de Lion nie daran gedacht, ein Weib zu suchen, die ihm sein Haupthaar flechte und seinen Kopf ruhen lasse auf ihren Knien, wenn er heimkehrt, beladen mit der Beute der Jagd und dem Wampum, geziert mit den Skalpen seiner besiegten Feinde?«

»Es ist noch nicht Gras gewachsen auf dem Grabe seines Vaters«, antwortete er, »aber ehe es hoch genug ist, die Sohle seines Mokassin zu bedecken, wird Cœur de Lion sich Weiber gefunden haben; denn der Weiber sind viele, und der Häuptling besitzt Felle und Reichtum genug, sich die schönsten zu kaufen.«

»Und wenn aus den Wolken hernieder, aus den Wohnungen des großen Geistes ein Weib herniederstiege in den Wigwam des Häuptlings, ihm gesandt vom großen Geiste, eine schöne weiße Frau, um in freier Liebe, ohne Kaufpreis sein eigen zu sein, was würde der junge Häuptling ihr bieten?«

Mein Herz zitterte vor seiner Entscheidung, diese Antwort mußte mir ausdrücken, auf welcher Stufe geistigen Developpements er stände. Er sah mich an mit einem Ausdruck gänzlicher Bewilderung, er hatte mich gar nicht verstanden. Oh, in solchen Positionen hat die Zivilisation doch ihr Gutes. Es ist so süß, verstanden zu werden. Meinem jungen bewilderten Wilden mußte ich es deutlicher machen.

»Cœur de Lion«, sagte ich, »ein umbarmherziger Häuptling, dem mich mein Vater verkaufte, hat mich verjagt aus seinem Wigwam, und mein Volk hat mich verstoßen.«

»Ein Weib, das ihr Herr verjagt, verdient nicht mehr zu leben bei ihrem Volke, dein Volk hat recht getan«, entgegnete Cœur de Lion.

»Aber die weiße Frau irrt heimatlos durch die Wälder und sucht ein neues Leinwandhaus und einen neuen Herrn. Will Cœur de Lion sie behalten und sie seine Magd sein lassen an seinem Feuer?«

Der Häuptling fuhr auf von dem Lager, eine plötzliche Glut loderte in ihm empor. »Die weiße Frau gefällt dem Auge des Häuptlings, sie soll bei ihm bleiben«, sagte er. »Sie soll sein Wasser schöpfen, sein Kornfeld hacken und sein Wildbret kochen, sie soll ihn pflegen, wenn er von seinen Kämpfen heimkehrt, sie soll sein Weib werden und seine Kinder tragen auf ihrem Rücken, und er wird schlafen in ihren Armen.«

Cœur de Lion schwieg, und ich wartete doch auf die Fortsetzung seiner Rede, auf die Aufzählung der Kompensationen, die er mir dafür zudenke, aber er war zu Ende, wie es schien. So mußte ich mich entschließen zu sprechen.

»Und was wird Cœur de Lion der weißen Frau dafür gewähren, wenn sie sein Wasser schöpft, sein Kornfeld hackt und sein Wildbret kocht?« fragte ich.

»Sie soll sich wärmen an seinem Feuer, sie soll sich sättigen von den Überbleibseln seines Mahles, und sie soll sein Weib sein.«

»Und wird er sie lieben, wie er den großen Geist liebt, wird er sie ehren und anbeten wie ihn?«

»Der Delaware ehrt den großen Geist, denn der große Geist ist furchtbar und kann ihn strafen und ihn vernichten; aber der Delaware ehrt nicht ein Weib, denn es ist ein schwaches Weib, und er verachtet die Schwäche.«

»Und wird der Delaware kein Weib kaufen, wenn die weiße Frau sein Eigentum wird?«

»Die weiße Frau ist schön und gefällt dem jungen Häuptling«, antwortete er, »aber es sind schon viele Lenze und viele Winter über ihrem gelben Haupthaare hingezogen. Er wird sie behalten, solange ihr Haar gelb ist und sie seinem Auge gefällt, und wenn ihr Haar grau wird, will er sie nicht töten, sondern sie leben lassen und jüngere Frauen kaufen.«

Mir schauderte vor dieser unbezwingbaren Rohheit. Oh, wo blieben meine Hoffnungen! Was fand ich in dieser horriblen Realität von den Idealen Coopers? Wo fand ich die Perfektibilität des jungen Tektonenhäuptlings? Ich begriff die geschmacklose Unwahrheit jenes Gedichtes, ich fluchte ihr, denn sie hatte zu meiner Exkursion beigetragen. Ich verzweifelte daran, diesen Barbaren in so viel Monaten zu zivilisieren, als Parthenia Sekunden gebraucht hatte. Ich sollte Waffen und Kinder tragen, Sklavin sein! Und der Tektosage trug für Parthenia ein Körbchen Erdbeeren und zerbrach seine Waffen, ihr ein Feuer daraus zu machen!

Ich konnte die Tränen nicht unterdrücken, Tränen des Zornes, der bittersten Enttäuschung. Cœur de Lion sah es. Er trank den Rest seines Arraks hinunter und sagte, sich zu mir wendend und seine Arme nach mir breitend:»Warum weint die weiße Frau? Der Häuptling will sie ja heiraten, und gleich jetzt sollen die Männer seines Volkes den Hochzeitsgesang für ihn anstimmen. Noch an diesem Tage, dessen Sonne emporsteigt, soll sie sein Weib werden.«

Mit tiefer Indignation über seine Insolenz stieß ich ihn von mir, er schien dies nicht zu achten und fragte mich verwundert:»Warum weigert sich das Blaßgesicht, mein Weib zu werden, da es zu mir kam in dieser Absicht?«

Ich war außer mir, ich empfand, daß er nicht eine Ahnung habe von den erhabenen Intentionen, welche mich in die Wälder geführt hatten, ich warf mich vor ihm nieder, umklammerte seine Knie und sagte ihm alles, was mein Herz mir eingab. Ich sprach von dem Leid verkannter Frauenherzen mit der Inspiration einer Prophetin, er verstand es nicht. Ich blickte nach der Türe und dachte an Flucht. Der Delaware beobachtete mich scharf, er schien meine Gedanken zu erraten.

»Cœur de Lion ist leichtfüßig wie der Hirsch und sein Auge scharf wie das Auge des Luchses. Wohin will das weiße Weib sich flüchten, ohne daß er sie entdeckte und einholte?« sagte er lächelnd.

Da faßte ich eine Resolution. Ich ergriff den Tomahawk, der in der Ecke lehnte, und rief, ich wolle mich töten. Und wieder lachte der Barbar höhnisch bei den Worten:»Die Hand der weißen Frau ist klein, und der Tomahawk ist schwer.«

Er nahm ihn mir spielend aus den Händchen und band mir diese auf dem Rücken zusammen. Dann sah er mich ruhig an und rief, indem er hinausging:»Die weiße Frau zieht morgen mit uns in das Innere der Wälder zu den Winterquartieren des Wolfes. Drei Tage wird der Häuptling warten, ob sie ihn bittet, sein Weib zu werden; am vierten Tage wird sie sterben, wenn sie es weigert, denn Cœur de Lion ist kein Blaßgesicht, das erzittert vor den Tränen eines Weibes.«

Die Angst, die Qualen dieser drei Tage waren über jede Schilderung groß, und nirgend eine Aussicht auf Rettung. Ich war meines

Erfolges in der Männerwelt so gewiß gewesen, daß ich den Fürsten gebeten hatte, mich ruhig im Blockhause zu erwarten. Ich sah nur zwei Auswege, beide gleich entsetzlich. Ich konnte mich nicht entschließen, die Frau dieses Barbaren zu werden, dessen unsoignierte Hände mir ein Horreur waren, wie sein Branntweintrinken und sein Tabakrauchen; und ich wollte nicht sterben. Ich war ja noch jung und meine Mission noch nicht zu Ende, ich hatte ja den Rechten noch nicht gefunden, die Laterne des Diogenes durfte noch nicht erlöschen.

Die Nacht des vierten Tages war ihrem Ende nahe. Mit wunden Füßchen ruhte ich in dem Zelte des Häuptlings, umgeben von einigen Weibern des Stammes, deren wüstes Schnarchen mein Ohr beleidigte. Man hatte mich gezwungen, bei den Vorkehrungen zu den Mahlzeiten zu helfen, ich hatte kochen, Wasser tragen und Arbeiten verrichten sollen, von denen meine Händchen bluteten. Wie wenig glichen sie jetzt weißem Mousselin mit rosa Taffet gefüttert. Die forcierten Märsche, die widerwärtigen Nahrungsmittel, die ich, durch Hunger gezwungen, zu mir nehmen mußte, hatten meine Nervosität auf das Höchste gesteigert. Ich fieberte und drohte den Fatiguen und der Angst meiner immensen Seele zu unterliegen. Todesbang spähte ich nach der Türe, und ein Schrei der Verzweiflung rang sich aus meiner Brust, als die ersten Schimmer des Tages in das Zelt fielen und der Häuptling eintrat.

Die Körper- und Seelenleiden mochten meine Schönheit alteriert haben. Der Häuptling blickte mich prüfend an und wendete sich dann mit einem Blicke von mir ab, den ich mir nicht zu deuten wußte, während er befahl, die Zelte abzubrechen und sich zum Marsche zu rüsten. In wenig Momenten war dieser Befehl exekutiert. Die Weiber beluden sich mit dem Gepäcke und machten sich auf den Weg, die Krieger gingen teils voraus, teils zur Bedeckung hintennach.

Von mir nahm niemand Notiz; ich blieb allein zurück mit dem Häuptlinge, ahnend, daß er meinen Tod nun vollziehen werde, wenn ich länger seinen Wünschen Widerstand leistete.

Wie ein strenger Richter, wie ein junger Kriegsgott im Stolze seiner vollkräftigen Männlichkeit stand er vor mir. Ich mußte, so sehr ich ihn fürchtete, mir in diesem Momente gestehen, daß er von admirabler Schönheit und sein Maintien, soweit es bei einem Wilden möglich, vollkommen das eines Gentlemans sei. Weinend warf ich mich ihm zu Füßen – oh, das war ein schwerer Moment! Ich, die göttliche Gräfin Diogena, vor der die Elite der zivilisierten Nationen gekniet, kniend zu den Füßen eines hochmütigen, unbezähmbaren Sohnes der Wildnis. Der ganze prächtige Stolz des aristokratischen Weibes revoltierte sich dagegen, und doch mußte ich knien.

Er betrachtete mich und meine Tränen mit supremer Verachtung, dann sagte er: »Das weiße Weib ist in wenigen Tagen alt geworden und krank in der Freiheit der Wälder. Es ist die frische Luft des großen Geistes nicht wert, nicht mehr wert, das Weib des jungen Kriegers zu werden, der die kranke Frau nicht begehren kann. Sie kann nicht kochen und nicht die Waffen tragen, sie weint und würde elende, feige Memmen gebären. Sie mag heimgehen zu den Städten der elenden Blaßgesichter, für deren Männer sie gut genug ist, mit ihren zitternden Händen und ihren Tränen. Cœur de Lion wird sich ein gesundes, schönes Weib seines Stammes kaufen. Die schwache weiße Frau ist ihm ein Greuel!«

Stolz wendete er sich ab, rief einen alten Krieger seines Stammes herbei und befahl ihm, mich an das Blockhaus zurückzugeleiten. Fast sterbend erreichte ich es, der Fürst kannte mich kaum wieder. Tage und Wochen hindurch lag ich in einem Zustande, der es nicht gestattete, mich nach New York zurückzubringen. Meine Seele litt mehr noch als mein Körper.

Im Frühjahr war ich soweit genesen, daß ich New York verlassen konnte. Der Fürst führte mich nach Bagnères. Meine Nervosität war unglaublich, er blieb ewig voller Soins für mich, was ich natürlich in der Ordnung fand. Ich war sehr sauvage geworden, ich hatte eine Apprehension, meinen Bekannten zu begegnen, wegen des Changements, das infolge aller meiner Aventuren in meinem Äußern visibel geworden war. Mein Körper war sehr debil, und doch lebte die alte ungestillte Sehnsucht in meiner Seele noch in all ihrer Intensität.

Ich fing an, Astronomie zu studieren in der Einsamkeit, in der ich lebte. Ich strengte die ganze Kraft meines Geistes an, zu kombinieren, ob ich vielleicht auf andern Sternen das Ziel meines Strebens erreichen könne. Ich las alles, was über die Bewohner des Mondes geschrieben ist, und erkundigte mich nach der Konstruktion eines Luftballons, um zu wissen, ob man diesen mit Komfort für längere Reisen versehen könne.

Bisweilen war ich unglaublich maussade, der Fürst selbst impatientierte sich. Er war es müde, da er auch nicht mehr ganz jung war, den Cavaliere servente zu machen und ewig auf Reisen und an den Ruheorten für meinen Komfort zu sorgen, ohne selbst den geringsten zu genießen. Er hatte jetzt oft Momente, in denen er mir Vorwürfe machte, über Langeweile klagte und davon sprach, sich auf seine Güter in Steiermark zurückzuziehen, die er um meinetwillen negligiert hatte.

Ein solcher Tag war es, an dem wir beide moros dasaßen. Ich dachte über die Möglichkeit nach, den Rechten zu finden, und die ganze Trostlosigkeit des Alters dehnte sich vor mir aus, während ich mir es vergegenwärtigte, was aus mir werden solle, falls ich ihn nicht entdeckte. Ich war noch jung, aber durch Leidenschaft und Strapazen usiert, vollkommen passiert. Rosalindens Nachhilfe bei meiner Toilette wurde immer nötiger. Meine immense Seele war leerer denn je. Ich fing bisweilen an, zwischen meinen astronomischen Studien bei dem Scheine meiner ewig brennenden Laterne die Bibel und andere Erbauungsbücher zu lesen. Ich suchte mit Verzweiflung die Spur, die Andeutung des Rechten in der Apokalypse; ich dachte daran, ob vielleicht der Heiland der Rechte sei, den ich zu finden verlangte. Mitten in diesen Meditationen unterbrach mich der Fürst mit der Nachricht der Einnahme von Kanton, die er in einem Zeitungsblatte entdeckte. Ein Lichtstrahl fiel in meine Seele. »Nach Kanton!« rief ich aus.

Der Fürst sah mich an und sagte ruhig: »Dann gehe ich nach Steiermark.«

Ich war empört. »Mein Freund«, rief ich, »soll ich auch an der absoluten Treue verzweifeln, da ich schon so unglücklich war, die rechte Liebe nicht zu finden? Sehen Sie, Sie dürfen mich jetzt nicht abandonnieren, in China, jenseits der großen Mauer, muß ich ihn finden. Es ist incomprehensibel, daß ich darauf nicht lange gekommen bin. Die Chinesen sind die wahren Aristokraten. Sie haben die kleinsten Füßchen, die soigniertesten Nägel, die magnifiquesten Bärte und keine Spur von Liberalismus. Bei so viel ungemeinen

Vorzügen muß auch die Liebe zu finden sein, die endlich meine Seele füllt. Oh, eine unaussprechliche Zuversicht kommt über mich, nur diese eine Reise noch, mein Freund, nur diesen Reiseversuch nach China und –«

»Und?« fragte der Fürst.

»Und wenn ich den Rechten dort nicht finde, so werde ich Ihre Frau bei meiner Rückkehr und begnüge mich, die Treue zu belohnen, da ich niemand finde, der mich lieben zu lehren verstand.«

»Ich hoffe, Sie finden die Liebe, meine Gräfin!« sagte er ruhig, »denn nach der Belohnung der Treue gelüstet mich nun nicht mehr.«

»Und Sie folgen mir dennoch? Und weshalb?« fragte ich. »Aber das ist sublim, lieber Fürst!«

»Bah, meine Gräfin!« entgegnete er, »was wollen Sie? Ich habe die Kaprize der Fügsamkeit, und da ich nichts zu tun habe, ist es ebensogut, sich in China zu langweilen als anderwärts. Lassen Sie uns reisen.«

Wir schifften uns in London mit der ersten Handelsexpedition ein, die nach China absegelte.

So weit gehen die Memoiren der unglücklichen Frau, die weiteren Nachrichten verdanken wir teils eigener Anschauung, teils den Mitteilungen eines Arztes, der in der Nähe von Paris Vorsteher eines Irrenhauses ist.

Wir hatten verschiedene Höfe und Zellen durchwandert, als wir an der Ringmauer der Anstalt ein kleines Häuschen mit einem äußerst sauber gehaltenen Gärtchen erblickten, das auf wunderliche Weise mit kleinen chinesischen Tempeln und anderen Spielereien der Art besetzt war. Es mochte etwa Mittag sein, die Sonne stand hoch am Himmel, dennoch ging die Bewohnerin des kleinen Besitzes, eine zusammengefallene, von Leiden gealterte Person, mit einer eigentümlich geformten, brennenden Laterne umher und schien unruhig etwas zu suchen. Ihr starrer Blick, ihre Rastlosigkeit hatten viel Trauriges für den Beschauer. Wir fragten, wer sie sei.

»Oh«, sagte der Doktor, ein geistreicher junger Mann, »dies ist die einst durch ihre Schönheit in den Sälen der Gesellschaft bewunderte

Gräfin Diogena. Ihr Wahnsinn ist das Produkt einer Geistesrichtung unter den müßigen Frauen der vornehmen Welt, die kaum ein anderes Resultat zuläßt. Unkluge Nachbeter der geistreichen George Sand haben in glänzendem Mißverstehen dessen, was diese große Frau meinte und bezweckte, eine Theorie der weiblichen Selbstsucht geschaffen, deren Höhepunkte in der deutschen Frauenliteratur jetzt erreicht sind. Die Frauen bilden sich ein, Ausnahmewesen zu sein und unfähig, etwas anderes zu lieben als sich selbst. Sich für den Mittelpunkt der Welt haltend, fordern sie einerseits, wie die verderbten römischen Kaiser, göttliche Anbetung und klagen andererseits, daß sie keinen Mann fänden, den sie zu lieben vermöchten. Sie verstehen ihren Egoismus nicht und behaupten, nicht verstanden zu werden; sie sind unfähig zu lieben und jammern, daß niemand die Leere ihres Herzens und ihrer Seele fülle.

Diese Gräfin Diogena ist durch die ganze Welt gereist, den Mann zu suchen, der ihr Herz ausfüllen, ihre Seele befriedigen könne: natürlich vergebens. Krank und erschöpft, beschloß sie, noch einen Versuch in China zu machen, und gelangte glücklich dort an. Aber auch dort fand sie ihr Traumbild nicht, und dort entwickelte sich ein Fieberwahn zur fixen Idee, der sich schon auf der Reise mehrmals gezeigt hatte. Sie bildet sich ein, um der Sünden ihrer Voreltern oder um anderer Gründe willen verdammt zu sein, mit der Laterne des Diogenes den Rechten zu suchen, so nennt sie ihr Ideal, und meint, nicht eher sterben zu können, bis sie ihn gefunden haben wird.

Ein Fürst Callenberg, der sie begleitete, sah kaum eine Möglichkeit, sie in diesem trostlosen Zustande nach Europa zurückzubringen, als er in Kanton einem gelehrten Deutschen, einem Professor der Anatomie, dem berühmten Friedrich Wahl, begegnete. Dieser hielt sich seiner Studien wegen in jenen Gegenden auf, und die Gräfin war während ihrer Entdeckungsversuche auch eine Zeit hindurch seine Geliebte gewesen. Gut und gutmütig, wie er ist, jammerte ihn die traurige Lage der Frau, und mit seinem Beistande brachte der Fürst sie hierher, wo sie nun seit einigen Monaten lebt. Sie ist fast immer ruhig, nur bisweilen tobt sie und schreit, daß sie den Rechten nicht fände. Dann muß man sie mit Strenge behandeln, bis der Paroxysmus vorüber ist. Sonst bringt sie ihre Zeit mit unschuldigen Toilettenspielereien hin, kauft Schuhe von den vorzüglichsten Fabrikanten, wäscht und putzt abwechselnd ihre Hände und ihre Laterne und gefällt sich in allerhand verbrauchten Minaudrien und Koketterien, die uns eben nicht sehr gefährlich sind.«

»Und haben Sie Aussicht, sie herzustellen?« fragte einer von uns.

»Dasselbe wollte in diesen Tagen der Fürst Callenberg wissen, der nun auf seinen Gütern in Österreich lebt. Wir haben aber nicht die geringste Hoffnung dazu. Wahnsinn aus Hochmut und Egoismus pflegte immer unheilbar zu sein.«

Der Doktor führte uns weiter vorwärts; im Fortgehen wendete ich den Kopf nochmals nach der Wahnsinnigen zurück. Sie suchte noch immerfort und wird suchen, bis sie stirbt. Es war ein unangenehmer, unheimlicher Eindruck.

Über tredition

Eigenes Buch veröffentlichen

tredition wurde 2006 in Hamburg gegründet und hat seither mehrere tausend Buchtitel veröffentlicht. Autoren veröffentlichen in wenigen leichten Schritten gedruckte Bücher, e-Books und audio-Books. tredition hat das Ziel, die beste und fairste Veröffentlichungsmöglichkeit für Autoren zu bieten.

tredition wurde mit der Erkenntnis gegründet, dass nur etwa jedes 200. bei Verlagen eingereichte Manuskript veröffentlicht wird. Dabei hat jedes Buch seinen Markt, also seine Leser. tredition sorgt dafür, dass für jedes Buch die Leserschaft auch erreicht wird.

Im einzigartigen Literatur-Netzwerk von tredition bieten zahlreiche Literatur-Partner (das sind Lektoren, Übersetzer, Hörbuchsprecher und Illustratoren) ihre Dienstleistung an, um Manuskripte zu verbessern oder die Vielfalt zu erhöhen. Autoren vereinbaren direkt mit den Literatur-Partnern die Konditionen ihrer Zusammenarbeit und partizipieren gemeinsam am Erfolg des Buches.

Das gesamte Verlagsprogramm von tredition ist bei allen stationären Buchhandlungen und Online-Buchhändlern wie z. B. Amazon erhältlich. e-Books stehen bei den führenden Online-Portalen (z. B. iBookstore von Apple oder Kindle von Amazon) zum Verkauf.

Einfach leicht ein Buch veröffentlichen: **www.tredition.de**

Eigene Buchreihe oder eigenen Verlag gründen

Seit 2009 bietet tredition sein Verlagskonzept auch als sogenanntes "White-Label" an. Das bedeutet, dass andere Unternehmen, Institutionen und Personen risikofrei und unkompliziert selbst zum Herausgeber von Büchern und Buchreihen unter eigener Marke werden können. tredition übernimmt dabei das komplette Herstellungs- und Distributionsrisiko.

Zahlreiche Zeitschriften-, Zeitungs- und Buchverlage, Universitäten, Forschungseinrichtungen u.v.m. nutzen diese Dienstleistung von tredition, um unter eigener Marke ohne Risiko Bücher zu verlegen.

Alle Informationen im Internet: **www.tredition.de/fuer-verlage**

tredition wurde mit mehreren Innovationspreisen ausgezeichnet, u. a. mit dem Webfuture Award und dem Innovationspreis der Buch Digitale.

tredition ist Mitglied im Börsenverein des Deutschen Buchhandels.

Dieses Werk elektronisch lesen

Dieses Werk ist Teil der Gutenberg-DE Edition DVD. Diese enthält das komplette Archiv des Projekt Gutenberg-DE. Die DVD ist im Internet erhältlich auf **http://gutenbergshop.abc.de**